John Laing

Miscellaneous poems, chiefly Scottish

John Laing

Miscellaneous poems, chiefly Scottish

ISBN/EAN: 9783744770279

Printed in Europe, USA, Canada, Australia, Japan

Cover: Foto ©Andreas Hilbeck / pixelio.de

More available books at **www.hansebooks.com**

MISCELLANEOUS POEMS,

CHIEFLY SCOTTISH.

BY

JOHN LAING,

TROON.

·

———

Those of honour will not grudge
A fellow mortal leave to speak,
Especially when he speaks the truth—
And truth is all that Truth dare seek.

———

Printed for the Author

BY

CHARLES MURCHLAND,

PUBLISHER,

IRVINE AND TROON.

———

MDCCCXCIV.

PREFACE.

 ANY ventures have I undertaken in the past without fear or hesitation, but this, to me, the most important venture in my career, is taken with something akin to fear and trembling. Under the impression that the following trifles carried with them sufficient merit to enable me to squeeze myself into the ranks of the minor poets of my beloved country, induced me to flatter my vanity thus far in the publication of the present selected collection of my productions ; and now that I have done so, I wait with trembling suspense the verdict of a critical jury, who, I hope, in their summing up, will take a lenient view of my case, from the fact that the enclosed are not the outpourings of one favoured with a University training, or the higher grades of education, and much of the little that I possess was gained in the quiet hours of the evening when the toil and worry of the day was gone. Truth, honesty of purpose, and a sense of justice were my sole guides in directing my pen in that which I have written, much of which was penned in defence of the oppressed against oppression, in the sincere belief and conviction under which I was labouring when the spirit of poesy overtook me. And now, Reader, no further sympathy I crave from you than a fair and impartial perusal, and then the verdict, be what it may, of an unbiased mind, leaning more to truth and justice than bigotry and prejudice.

To my subscribers I owe a deep debt of gratitude for their support in enabling me to undertake the present venture, which, but for their aid, in all likelihood, a book of poems never would have been forthcoming from the pen of

Yours truly,

JOHN LAING.

December, 1894.

PRINTED AT THE "IRVINE HERALD" OFFICE BY CHARLES MURCHLAND.

CONTENTS.

MISCELLANEOUS POEMS.

	PAGE.
Sam Leghorn's Elegy, ...	9
An Address to the Young, ...	11
The Auld Kirk's Lament on the Death of the Rev. James Fleming,	14
The Scholar's Complaint, ...	17
Try a Drap Water, ...	18
A Toast, ...	19
The Union Jack, ...	20
The Entrapped Rat's Appeal, ...	22
The Fallen Saint, ...	25
The Auld Kirk, ...	28
A Common Tale, or the Wails o' a Drunkard's Wife, ...	31
To the Auld Year—1887, ...	34
To an Unknown Correspondent, ...	36
Troon's Welcome to the Duke and Duchess of Portland, ...	38
To Fullarton, ...	41
To Troon, ...	43
An Abstainer's Appeal to the Clergy, ...	46
To the Good Templars of Troon, ...	49
Lines written on the Frontispage of the Roll Book belonging to the Haven of Rest Lodge, ...	51
An Address to the Bakers, ...	52
When the Sponging is Bye, ...	54
Bakers' Union, ...	55
Dumfries and Glasgow Bakers, ...	57
The Anti-Trade Unionist, ...	59
An Address to County Councillor Wyllie, ...	61
Troon Politicians, ...	63
To a Street Loon, ...	65
To One at Home, ...	67
Awa', Wooer Lads, Awa', ...	68
Troon's Lament on the Reception of Her Tax Papers, ...	69
Row Me in Your Plaidie, Lassie, ...	70
Ye Ministers lay bye Your Gowns, ...	71
A Word for Troon, ...	72
A Public Address to Troon, ...	74
To Jealousy, ...	75
To Joan Kelly, ...	76
The Beadle to his New Bell, ...	78
The Bonnie Lass in Yon Toun, ...	81
The Village Baker, ...	82
My Bonnie Bairn, ...	83
Welcome My Crony, ...	84
Fullarton Has Lost Her Bloom, ...	85

	PAGE.
I Scarcely Need Try to Make You All Cheery,	86
Oh for a Blink o' the Ghaws Burn Again,	87
The Banks o' Irvine Water,	88
The Auld Folk are Awa',	89
On Mr Robert Shields Gone to England,	90
An Address to Temperance,	92
My Gay Licht-Hearted Baker,	94
To One I Love,	95
Jock's Dying Charge to Betty,	96
The Auld Kirk's Welcome to the New Beadle,	98
The Stranger,	100
Lines to "Savant,"	102

EPISTLES.

	PAGE.
Troon Drinking Fountain,	104
To Mr. James Johnston,	107
To the Rev. Robert Smith,	109
The Marriage Rejoicings at Troon,	110
Epistle to Mr. Robert Shields,	112
Epistle to Captain Wm. Scott, Troon,	115
Epistle to Mr. Robert Shields,	117
Bakers' Agitation,	120
County Council Election, December, 1892,	122
Epistle to Mr. Robert Shields, England,	123
To Mr. Robert Hunter, Irvine,	126
To Mr. Charles Murchland,	127

TROON WATER QUESTION.

	PAGE.
The Big Reservoir,	128
The Water Scheme,	130
Water Again,	132
Troon Water War,	134
Second Epistle to Archie,	136
Troon Water Question,	138
Lines to Archie : A Brither Poet,	140
The Twa Schemes,	143
The Disputed Goal,	145
To My New Hat,	147
Triumphant Troon,	149
Oor Ain Reservoir,	150

EPITAPHS.

	PAGE.
A Burgh's Epitaph,	152
On a Friend,	153
A Would-be Poet's Epitaph,	154
The Epitaph o' Troon Water Committee,	155
The Great Petition's Epitaph,	156
On Geordie Anson,	157
On A. M'L——n,	158
On Barney Sullivan,	159
On Lieutenant Thomson,	160
On Happy Simpson,	160

MISCELLANEOUS POEMS.

SAM LEGHORN'S ELEGY.

Died, 22nd January, 1881.

———

YE Templar folk, man, maid, an' mither,
  Come hing your heids an' mourn thegither ;
Death has ta'en your worthy brither,
          Sam Leghorn ;
His like, ye'll never find anither
           To serve your turn.

For years he was your water servant,
That duty never did he swerve in't,
But constantly put every nerve in't
          By word an' deed ;
A monument ! he's weel deservin't,
           To mark his heid.

Whaur will ye find in a' your race
A better ane to fill his place,
An' winna bring the cause disgrace
          By gaun astray,
An' leaving on't the horrid trace
           O' usquebae ?

He wasna ane wad slip an' fa'
At every tempting cup he saw,
Or tak' the huff an' rin awa'
          Like some ye ken,
At every fresh, new fangled law
           That was brocht ben.

He was the brither an' the friend
On whom ye always could depend ;
A truer scarcely stepped ben
          Within your lodge,
An' kept his pledge e'en to the end
           Withoot a grudge.

An' then again, 'mid a' your clan,
Whaur had ye ane that better ran
Wi' earthen jug or metal can
          To draw your water ;
Richt weel ye ken that scarcely ane
           Could dune it better.

Likewise for mirth an' honest glee,
There were nane heartier than he,
When he, a' life, wad join the spree
      Wi' tale or sang ;
His " Sodger John " aye fain to gie
      Baith loud an' lang.

But he, alas ! nae mair ye'll hail,
To cheer ye thro' this lonely vale,
Or enliven ye wi' yon auld tale
      Aboot the meal,
Whilk he aft tauld withooten fail,
      An' cheer'd ye weel.

Ye weel may hing your heids an' moan,
An' sab an' greet in mournfu' tone,
Ye'll hear nae mair o' " Sodger John,"
      Or " Erin-go-Braugh ; "
Your noblest singer's but a drone,
      Noo Sam's awa'.

Ye villagers o' Troon may well
Hing doun your heids an' mourning tell
Hoo he in life did soun' his bell
      The village round,
An' wi' stentorian lungs wad yell
      Things lost or found.

Ye'll ne'er again get sic a chiel
To bell the village hauf sae weel ;
When herrin', mackerel, skate, or eel,
      By fishermen,
Are caught by tempting bait or creel,
      Hoo will ye ken ?

Guid, honest Leghorn, fare-thee-well,
Till the auld kirk tolls my dying knell ;
If nane thee mourn, I'll mourn mysel',
      In boundless woe,
An' will to future ages tell
      Thy worth below.

AN ADDRESS TO THE YOUNG.

Delivered at the Annual Soiree of Troon Parish Church Sabbath School,
February 18th, 1892.

DEAR SCHOLARS,—I'm here, and ye brawlie ken me,
  I'm ane that the maist o' ye ilka day see,
Tho' maybe ye didna expect I wad be
Forrit wi' ithers at this your suree ;
But ye see I was kindly invited to come
Wi' a speech or a sang or some ither hum-drum.
I thocht for a meenit, an' just in a trice,
A something said, John, gie them a' an advice ;
Sae I hope you will listen as weel as ye can
To the speech or the sang o' the Minister's man.

In time ye may grow to be women an' men,
An' takin' your places wi' ithers, an' then
Unless ye haud on to richt actions in youth,
Such as honour an' virtue supported by truth,
Ye may find yoursel's aften as naething at best
When your courage and manhood are put to the test.

Remember your teachers, an' Minister too,
An' their labours o' love in attending to you,
In directing ye always the gate ye should gang,
Keepin' aye tae the richt an' far frae the wrang ;
An' kind tae yer playmates in ilka day's fun,
Nor wilfully tum'le them doun on the grun ;
At play an' your gambols, whatever it be,
Play faithfu' an' honest, contented an' free,
Nor scowl an' be vicious as gin ye wad eat
Ilka wee tottie ye meet on the street ;
Nor wrangle, nor quarrel, nor threaten wi' blows,
An' that ye'll hit some yin a slap on the nose,
For that's no the way, ony idiot micht ken,
That heroes are made oot o' boys when men.
Be kind an' affectionate, ane to anither,
Courageous an' honest when movin' thegither,
An' the worl' some day may hae cause tae rejoice
O' the heroic men that aince were her boys.
But gin ye be selfish, ill-natured and cross,
Ye'll be sifted wi' ithers an' left wi' the dross.

When at jing-ga-ring, buttons, the bat or the ba',
Or American-tag at the rit o' a wa',
Or Mary-ma-tanzie, or kipperdy smash,
Or ringy, or stakey, ne'er threaten ye'll thrash
A playmate because he plays better than you, ·

For remember that's no' a brave action to do.
Be manly an' say, " Weel, I'm beat I confess,
But I'll try an' play better the next time, I guess."
Nor molest the wee totties that be at the schools,
By playin' the robber in stealin' their bools,
For remember a' villains began wi' a lift
That by some folk wad scarcely be reckoned a theft.

Enter a' games wi' a zeal an' to win,
But never let temper or malice get in,
For the cheat an' the coward only hankers to own,
That by an opponent they were overthrown ;
An' in their defeat hesitate not to try
The smoothin' o't owre wi' an evendoun lie,
An' slander the truth wi' a statement not true,
What a heroic boy or girl wouldn't do.
Gin ye wad that the worl' ye move in sud ken
That ye lived, ape the manners o' heroic men ;
Be ye noble an' good, an' wi' evil be shy,
Nor stoop to the cowardice o' hatchin' a lie,
For in truth I maun tell ye no brave girl or boy
Such a base cowardly practice wad ever employ ;
Nae practice like this can secure a guid friend,
But sure to bring ruin an' disgrace in the end.

Test ilka frien' weel, ere ye venture to say
That those ye confide in will never betray ;
Human nature at best is weak in the main,
An' liable to yield under temptation's strain ;
Aye look upwards an' onwards, an' try to excel
In guid conduct an' frien'ship, an' a' will go well,
Then frien's will surroun' ye mair faithful an' true
Than the cauld go-be-tweens ye hae kent hitherto.
To follow this maxim oot, practice in youth,
An' back ilka word that ye utter wi' truth.
Truth is a beauty nae artist can paint,
Nor misguided anes ever its brilliancy taint ;
Emblematic o' heaven, it reigns wi' sic power
That tyrants and traitors in front of it cower ;
But true to yoursel's, to your God, and to man,
Unshaken before it courageous you'll staun'.
Noo scholars, be carefu', and min' what ye dae—
Staun' solid by truth, come oot o't what may,
For truth shall remain ever purely sublime,
An' triumphantly reign thro' eternity's time,
An' those wha wad honour it here wi' their heart
In eternity's joys may there hae a part.

Be kind tae your parents an' teachers as well,
An' listen tae a' the nice stories they tell ;
Dinna be thochtless, for min' it gies pain,
To think a' their teaching on you has been vain.

Guid boys an' guid lassies are aye easy kent
By their conduct, an' bad anes are just a torment,
For the bad anes are ill to themselves and to ithers,
Unkind to their parents, their sisters and brithers.
A pest at the schule, an' a trouble at hame,
Ever ready to quarrel when playin' a game ;
Nae respect for themsel's, far less for anither,
Disagree wi' their playmates, an' sae wi' their mither.
When she's dishin' the parritch, the tatties, or kale,
Their ill-natured spirit is seen withoot fail ;
Discontented an' thochtless, they yaumer an' growl,
Owre much or owre little was put in their bowl.
They're never contented, an' selfishness reigns
To mar their life's pleasures wi' mony black stains.

The lassies are no' just as bad as the boys,
Altho' wi' their tongues they can mak' as much noise ;
Their nature's are softer an' kinder awee,
An' less o' the mischief observed in their e'e :
It's true, I admit, when pursuin' their games,
Whiles they loss temper an' cry ither names,
An' shoot oot the tongue, as I hae seen them dae,
At the schule when I chanced to be passin' that way.
Noo sic like behaviour is quite unbecomin'
To the boy or the man, the girl or the woman ;
An' unless that we check evil deed in oor youth,
They may work us great mischief when aulder forsooth.

Sae noo, in conclusion, whaurever ye are,
Look onwards an' upwards, an' truth be your star ;
Straightforward an' steady in ilka just cause,
Nor stoop to a mean thing to merit applause.
An' the meanest, contemptible thing ye can do,
Is slander a fellow wi' statements not true.
The untruthfu', 'tis known, can dae aught that is mean,
An' to shelter himsel' he would tarnish a frien';
Sae I hope that nane here o' the truth will be shy,
An' say No, when your conscience wad hae ye say Ay.
Noo scholars, I've finished up my harangue,
An' judge ye gin it be a speech or a sang.

THE AULD KIRK'S LAMENT ON THE DEATH OF THE REV. JAMES FLEMING.

First published in the "Irvine Herald," November 10th, 1888.

CLEED me roun' wi' mourning graith,
  Symbolic o' that reaper Daith,
Wha has his tens o' thousan's slain,
An' legions prematurely ta'en
Aff to that dreary, dark abyss,
The path to woe or endless bliss.

Ay, cleed me roun', nor dicht my e'en—
For wae is me, I've tint a frien',
An' pining lanely, sair I mourn
For him that never shall return.

My aged pastor, sire, an' friend,
Has reached his timely, honour'd end,
An' gane to yonder sphere above,
Whaur a' is everlasting love.
An' weel dae I rejoice to know
That he's beyond the reach of woe ;
But human nature's weak an' vain,
An' mourns wi' sma' cause to complain ;
An' sae I mourn, for O I ken,
He was the model man o' men.

The Christian's pairt he didna fail
Sae lang as he was weel and hale ;
Instant in an' oot o' season,
He come an' gaed, nor speir'd the reason,
Be't nicht or day, he aye was ready
To greet the peasant, lord, or lady.
To puir folk he was just as free
As only mortal man could be ;
Rich an' puir wi' but a name
Wi' my divine were aye the same ;
He didna flatter wealth to pree
The pomp that poortith couldna gi'e.

O mourn wi' me, ye Trin folk a',
The auld man eloquent's awa' ;
For sixty years, an' mair beside,
He was your pastor an' your guide,
An' showed ye weel the gate tae gang,
To mind the richt an' shun the wrang ;
That noble independent figure,

That face o' man could never stagger.
What he held richt he did maintain,
Wi' lord or squire or peasant swain.
His God was a' he dared to fear
While sojourning wi' us here ;
An' to that God he has gane thither,
Pure, undefiled, withoot a swither.

Come, mourn wi' me, my every stane,
His like ye'll ne'er behold again ;
He saw me spring frae early youth,
The monument o' Gospel truth.
An' O, that day he saw me rise,
My steeple towering toward the skies,
I'm sure his heart then beat for glee
At sic an edifice as me.
An' noo to think that I nae mair
Shall see him mount the pulpit stair,
An' daily warn his list'ning flock
To seize upon salvation's rock,
Wi' sic a clear triumphant voice,
That made my vera wa's rejoice,
As he declared owre an' owre,
The Gospel truths wi' pith an' power.

Yon nicht the beadle cam' to toll
My bell, announcing that the soul
O' ae great man had ta'en its flight,
I thocht my heart wad burst ootright.
An' mourning, too, he toll'd my bell,
As sad an' dowie as mysel';
An' tears may lang weet baith his een,
For, Oh ! like me, he's tint a frien',
An' wi' me lang may reign to mourn
The soul that's gane ne'er to return.

Ye bodies, too, aroun' the Loans,
Sab sair, an' greet in mournfu' tones,
An' let your ilka neighbour ken
That we hae lost the best o' men.
Let your historian an' poet
This great man's greatness widely show it ;
That future ages yet unborn
Shall read o' him we this day mourn.
Wha shall ye get to preach an' pray
Wi' ye, as he's dune in his day ?
May every lesson he has cast
Before ye in the days noo past,
Flourish bonnilie an' rise
To meet the teacher in the skies—
Wi' mony ithers gone before
Secured an' won on this bleak shore.

An' while there stauns a stane o' me
That mortal witnesses can see—
A monument I'll aye remain
In memory o' him that's gane ;
An' woe be unto those wad daur
Disfigure me wi' blot or scaur,
While blessings rest on every croon
Wad keep my wa's intact an' soun',
That I may staun aye to present
A faithful pastor's monument.

Now, ye wha mourn his daith wi' me,
Remember well ye too maun dee,
An' quickly seize the Christian's cause,
Fit for a Saviour's fond applause,
That when daith comes to close the scene,
In peaceful hope ye'll steek your een,
Victorious like my aged frien'.

THE SCHOLAR'S COMPLAINT.

WE'RE gaun tae hae nae gran' suree,
 Like what we've had langsyne ;
There's nae big folk tae come and see
 Oor tea-an'-cookyshine.

'Tis just to be amang oorsel's—
 Nae sport we'll hae at a' ;
Nae stranger folk an' ither swells
 To come an' gie's a ca'.

Jist gethered in the auld schule ha',
 An' crammed like herrins' there,
On sheughly seats that's like to fa'
 Whiles crash upon the flair.

Then glaiket things may scale their tea
 Upon oor Sunday braws ;
Then mithers, vexed the like to see,
 May skelp us wi' the tawse.

It aye was in the kirk before,
 An' we had comfort then,
E'en tho' 'twas crowded to the door,
 Wi' women, weans, and men.

Then we aye could bounce an' brag
 We had the best suree ;
An' noo to think that we should flag,
 Luik's desp'rate cauld an' wee.

What ha'e we dune that we sud be
 Luik'd down upon like this ?
Fareweel oor ilka past suree—
 Fareweel oor former bliss.

An' ye, oor parents an' ilka frien',
 Wha 'njoyed oor annual fare,
May sab an' greet till blear't your een,
 Ye'll dine wi' us nae mair.

An' we oorsel's shall sab and greet,
 For O, we'll miss ye sair ;
Your presence made oor joys mair sweet
 When congregated there.

January, 1888.

TRY A DRAP WATER.

First Published in the "Argus and Express," June 4th, 1881.

BE tipplers o' cider, wine, whiskey, an' yill,
   Ye think ye're in freedom when drinkin' yer full ;
But ye're only in slav'ry, an' winna be free,
Unless ye tak' water when thirsty like me.
       Chorus :—
   Then come to the water, an' drink yer full cheery,
     Owre a' kinds o' liquor 'twill aye hae the gree ;
   Or wi' nae cash in han' yer lush tae comman',
     Ye'll be forced to the water mair thirsty than me.

I aince was as throuther, an' fond o' a fou
As the best o' the tipplers ye hae in yer crew,
Till a cauld water subject cam' to me, says he,
" Man, try a drap water when thirsty like me."
     *Chorus :—*Then come to the water, &c.

He showed me the slav'ry o' drink an' its shame,
An' hoo it was hurling disgrace to my name ;
" But ye'll flourish," says he, " if ye try for a wee,
A drap o' cauld water when thirsty like me."
     *Chorus :—*Then come to the water, &c.

I hum'd, an' I haw'd, an' I thocht for a while,
Till at last I consented to be an exile
Frae a' ardent spirits ; " That's proper," says he,
" There's health in cauld water when thirsty like me."
     *Chorus :—*Then come to the water, &c.

I've kept to the water a twalmonth or twa,
An' ne'er yet regretted my exile ava ;
An' kindly wad counsel a' tipplers, d'ye see,
To try a drap water when thirsty like me.
     *Chorus :—*Then come to the water, &c.

Let custom aye slur ye an' jeer as she may,
Should ye tak' to the water, ye ken it's her play
To slur ye, an' jeer ye, an' knock ye ajee,
But defy her, an' stick to the water like me.
     *Chorus :—*Then come to the water, &c.

Throw Custom aside, she is a dangerous dame,
An' aft brings her slaves to sorrow an' shame ;
While the cauld water subjects are cheerful an' free,
For they a' keep to water when thirsty like me.
     *Chorus :—*Then come to the water, &c.

A TOAST.

Written on the occasion of Troon Football Team winning the Irvine and District Cup, 1892.

———

HERE'S to Irvine Eglinton,
 The Annick an' Crosshoose,
Likewise the Vale of Garnock,
 For a' four crawed fu' crouse.

But three times owre, we'll drink to Troon,
 The champions o' them a',
Lang may she wear the victor's croon,
 An' health to kick the ba'.

Then raise your glasses, drain them up,
 An' while the echoes roll,
Pledge that Troon lang keep the cup,
 An' score the winning goal.

THE UNION JACK.

THE glorious Union Jack above us,
  What foe or foemen need we fear?
Loyalty and honour move us
  In the present course we steer.
We honour Crown and Constitution,
  On which we'll never turn our back,
But rally round the royal standard
  That bears aloft the Union Jack.

That flag, the terror of the world,
  The pride of all the true and free,
Would-be friends and traitors threaten
  To break its power by land and sea.
Base ungenerates, can we trust them,
  To keep Britannia's foeman back,
Who ruthlessly would tear to pieces
  This, our glorious Union Jack?

In very truth we cannot trust them
  With the Union or the Crown;
They are as traitors duly banded
  To pull these ancient landmarks down;
But we, in mem'ry of our fathers,
  Shall cross them in their wild attack,
Determined we'll maintain the Union,
  And bear aloft the Union Jack.

See Hawarden coming forward
  With his break-up train behind;
See him throwing dust and ashes
  In their eyes to keep them blind.
Well he knows the power of blindness
  In keeping them close at his back,
For only blindfold dupes would follow
  One who would rend the Union Jack.

That fettish chief shall never tear it,
  Nor all the dupes he has behind,
For we have loyal sons shall bear it
  Unsullied to the favouring wind.
And while we dare all cowards and traitors,
  We'll keep the Union still intact;
And 'neath the motto, " No Surrender,"
  Wave aloft the Union Jack.

Emblematic of the Union,
  No traitor gang shall cut it down,
For Britain's loyal sons shall rally,
  Supporting Union and the Crown.
And to the death they shall defend it,
  ·Ne'er on it will they turn a back,
For well they know that peace and freedom
  Reign beneath the Union Jack.

Tear it up and trample on it,
  Split the Union and the Crown,
Then farewell to boasted freedom,
  To all our glory and renown.
We never, never shall surrender
  To the break-up traitor pack,
And will maintain the Crown and Union
  Beneath the royal Union Jack.

With Arthur, Wood, and Forthbridge Arrol,
  Staunch Ranfurly and Magill ;
With Balfour, Chamberlain, and Churchill,
  Union will be Union still.
Great Salisbury at the helm,
  They'll board and sink the rebel pack ;
And for the Union, Crown, and Realm,
  Victorious wave the Union Jack.

THE ENTRAPPED RAT'S APPEAL.

To the Steward on board the Glasgow ship " City of Delhi."

———

SPARE thy wretched prisoner, steward,
  Open wide my prison door,
An' let me oot amang my kin,
  At liberty once more !

Should I again be in your trap,
  Nae mercy will I crave ;
But O, for this ae time let me
  Escape a watery grave.

I saw the trap, but never thocht
  'Twas set for me or mine,
As roun' an' roun' I smell'd the bait,
  An' thocht it rich an' fine.

The great temptation that was laid,
  I couldna weel resist ;
The door was open, in I gaed,
  My freedom then was lost.

By a' that's guid an' holy, steward,
  I solemnly declare,
Had I my life an' liberty,
  I'd never fash ye mair.

If pity reigns within your breast,
  Do show some unto me,
An' Christian like do spare my life—
  The life ye canna gie.

But O, wae's me, your countenance,
  Bespeaks my waefu' doom,
An' plainly shows there's nocht for me
  But daith's eternal gloom !

For lack o' mankind's heavenly gifts,
  Reason, Thocht, an' Sense,
I am to be deprived o' life—
  O what a recompense !

An' yet, even in your daily life,
  Hoo mony rats ye see
Battling in the world's strife
  Wi' sad an' sick'ning e'e.

Thae liquor traps o' pomp an' show,
  In hell monarchial state,
Are 'trapping thousands daily by
  Their daith-destructive bait.

An' a' sic dupes hae judgment clear
  To ken 'tween richt an' wrang,
An' yet witha' they madly steer
  Whaur wisdom winna gang.

Your very sel' has gane the gait,
  A slave, but noo you're free,
An' yet ye winna sympathise
  Wi' mortals such as me.

To you nae honour can it bring
  In this vain world o' strife,
To steep your hauns in bluid o' mine,
  Depriving me o' life.

My race, nae doot, has raised your ire,
  An' me amang the rest,
Gaun rummaging through a' your stores
  For aught would suit oor taste.

It's true, I've ran among your stores,
  A plundering wi' the lave,
An' a' we took was to appease
  A hungry belly's crave.

An' is there mortal walks the earth
  Wad bear a hungry kyte,
If ae sma', scarce dishonest act,
  Wad ease them o' its blight.

O, steward, if thou are flesh and bluid,
  A fellow creature save ;
Gie me the freedom I hae lost
  An' little life I crave !

If thou art mortal spare my life,
  An' let me wander free :
If thou wad luik for mercy hence,
  Do show some unto me.

The great creator o' mankind
  Was my creator too,
An' formed me for some wise end,
  As yet unknown to you.

Then hoo dare ye destroy the work
  O' Heaven's eternal King,
Wha never gave ye power to kill
  A puir defenceless thing ?

Alas, alas ! my pleadin's vain,
　To grant my life you're laith ;
I see in your malignant smile
　My freedom lies in daith !

Then let me die, tho' but a rat,
　I'm blest compared wi' ye ;
I dread nae future's lang career—
　Nae judgment waits for me.

He wha mourns the puir rat's fate,
　Remember thou that snares,
Are scatter'd broadcast o'er the land
　T' entrap ye unawares.

While thinkin' that dame fortune smiles
　Benignly on ye still,
Be ever watchful, even then,
　Lest snared against your will.

THE FALLEN SAINT.

WHAT unco tale is this we hear,
That seems to set us a' asteer,
  In waefu' lamentation?
Is't cause that Pious Willie has
Forsook the apostolic cause,
  Regardless o' salvation?

Ay deed, puir man, he fell a prey
To alcohol the ither day,
  An' left us a' lamentin',
That sic a saint as he shuld fa'
Sae desperate low ; an' waur than a',
  Nae sign o' him repentin'.

We thocht he did the warl' resign,
An' had become a saint divine
  By pure regeneration ;
But ah, waes me ! we dinna ken
The frailties o' the sons o' men
  When stared at by temptation.

That sic a saint as Willie should
Flee to the bad, an' lea' the good,
  An' a' for Satan's favour ;
We thocht him just as pure a man,
As under gospel colours ran,
  Nor gien to sic palaver.

But Satan's wiles are sweet an' fair,
Till aince he gets ye in his snare,
  Then fareweel peace an' pleasure ;
He leads ye on frae bad tae worse,
Till life itsel' becomes a curse,
  An' death fills up the measure.

Oh, Willie, man, hoo could ye think
To gang sae far astray wi' drink,
  An' you almost perfection !
Could ye no ta'en ae glass, or twa,
An' flung the third ane far awa',
  An' kept to that restriction.

Had ye din that, this day ye micht
Hae stood witha' a brilliant licht
  Amang the ither blest anes ;
But ah ! ye took the third, alas !
An', sir, the fourth ye couldna pass
  Like ither would-be Christians !

Ye drank awa till ye got fou,
An' row't and groan't just like a soo;
            O, Willie, man, think shame o't !
For often I hae heard ye tell,
To mony mae forbye mysel',
            Ye ignored the very name o't.

The gang that's left shall miss ye sair
To join wi' them in earnest prayer—
            They'll no' can dae't for thinkin
That ane o' them's got on the boose,
An' wauchlin in a deep carouse,
            Debauchery an' drinkin.'

Aft are they a' constrained to pray
That ye'll forsake your careless way,
            Your drunkenness an' nonsense,
An' tak' your place among them a'
As saint-like, as ye gaed awa',
            An' just as clear a conscience.

The Foundry boys ilk Sabbath morn,
Are noo a' left scant an' forlorn,
            Deprived o' Christian knowledge,
Since ye, wha led them on sae weel,
Hae took to drink an' turn'd your heel
            Upon their youthfu' college.

O Willie, man, just for their sake
'Gainst alcohol put on the brake,
            An' swear ye'll hae nae mair o't !
Tak' thou the pledge again, an' feed
The bits o' bairns wi' gospel breid,
            An' tak' ye better care o't.

O fallen saint ! for sake o' truth,
Put alcohol far frae your mooth,
            An' be ance mair a Christian ;
What tho' ye're something scant o' grace,
Just gie's yon lang, smooth, solemn face,
            An' ye'll pass for a just ane.

O dae gang back among the boys,
That they for joy may a' rejoice,
            Cured o' their sad disaster,
An' ye thro' time may come to be
Frae a' temptation guided free,
        .   Accepted by the Master !

Oh, wad that a' the preachin' cless
Were just as true as they profess,
            Nor drank, nor shunned their neighbours,
Then love, humility, an' grace,
Wad mark the lines on ilka face,
            An' righteousness their labours !

But as it is, I'm wae to tell
There's some that scarcely ken themsel'
   Frae unregenerate mortals,
An' aft forget that they pretend
They're workin' hard to gain the end
   That leads to heaven's portals.

Some say divines are just auld wives,
An' blether havers a' their lives,
   That scarce wad staun inspection ;
While they wha rowt upon the street
Are purely holy an' complete,
   An' every whit perfection.

Hypocrisy may blin' the man,
But God alone the heart shall scan,
   An' mark each fause vibration ;
Then let a' practice what they preach,
An' live oot lives beyond the reach
   O' God's just condemnation.

THE AULD KIRK.

THE auld kirk is in danger noo
    O' bein' smashed or driven through
By envy's dart, an' that fell crew
            O' greedy fellows,
Wha a' their deidly wark pursue,
            Half mad an' jealous.

The dear auld kirk has dune fu' weel,
An' sheltered mony a weary chiel ;
An' welcomes a' within her biel,
            Baith rich an' puir,
Wi' cash or nane, a' free to spiel
            The gospel stair.

Oor heroic sires in ages gane,
Focht, bled, an' fell on mony a plain,
Yet bauldly did their cause maintain
            In spite o' fate,
An' bound the kirk, as wi' a chain,
            Firm to the State.

But envy an' dissentin' faithers,
Hypocrisy, an' mony ithers,
A' met owre mony fulsome blethers,
            An' swore an aith,
That they wad cut her State aid tethers,
            An' be her daith.

Then see the hordes, by Envy driven,
Nae inspiration sent frae heaven,
But just a greedy kind o' cravin',
            An' jealous hate,
Their weapon o' destruction wavin'
            Just at the gate.

See Envy and Hypocrisy,
Chief commanders in the fray,
Smilin' maist triumphantly,
            An' says the hour
Has come for them to cut away
            The Auld Kirk's power.

Will ye, her sons an' dochters a',
Staun idly by an' see her fa',
Nay, see your birthright ta'en awn',
            By sic a crew
O' envious loons, wha crousely craw
            Owre what they'll do.

Think on your covenanting sires,
Wha signed the cov'nant in Greyfriars,
Wha braved the sword and faggot fires,
      An' bloody wark,
To gi'e what Gospel truth requires,
      A state-bound Kirk.

An' oh, to think that we this day
Should leive to see her maist a prey
To careless folk, gaun half the way
      O' bloody Clavers,
By Envy led, prepared to slay
      Wark o' their faithers.

What ! has the Kirk gane aff the line,
Or wander'd frae a course divine,
Or e'en wi' ithers failed to shine
      In Gospel creed,
That foes should wrangle, twist, an' twine
      To work her deid ?

There's scarce a traitor loon we ken
'Mang a' the envy imbued men
Dare say she hasna served her en',
      An' purpose weel,
An' to the sp'ritual wants atten'
      Her ilka chiel.

Sae gather roun' her bairns a',
Determined that she winna fa',
For cauld dissenters crousely craw,
      Baith late an' air,
They'll drive her State support awa'
      For evermair.

Thae growlin', discontented folk,
This while ha'e gie'n her mony a shock,
E'en tried to misdirect her flock
      Beyond reca',
An' still she staun's as firm's a rock
      In spite o' a'.

An' she'll remain if ye be true,
An' battle wi' the envious crew
As your forefaithers dared to do
      In ages gane,
An' left her a birthright to you
      Withoot a stain.

Then coward-like will ye forego
Your great birthright to sic a foe ?
Deeds o' your faithers echo " No,"
      An' dares proclaim,
Ye cowards, unless ye strike the blow
      For Kirk an' hame.

If thae folk, plumb'd by Envy's bevel,
Could just attain the Christian's level,
An' work as hard to cowe the devil,
    I'm free to swear
They'd be to Scotland's Kirk mair civil,
    Nor fash her mair.

But then ye see they maun persue
The wark that Envy has to do,
For nane could do't but just a crew
    O' discontents,
Such as the rag-tag, wranglin' few
    He represents.

Ne'er mind the envious, jealous squad,
A' clamerin' for your cash, half mad,
But get thou in thy armour clad,
    An' save the Kirk
Frae ruin an' destruction sad,
    An' future dark.

'Tis only envy, that base carl,
Foster'd in the lower warl',
Directin' foes to bite an' snarl,
    An' work your smash,
Expecting that they'll get a haurl
    O' your Kirk cash.

Sons o' the Kirk, nae langer wait,
But meet the hordes just at the gate,
An' drive them back for Kirk an' State,
    An' Scotland's pride ;
Subdue the foes ye canna hate,
    Tho' sairly tried.

A COMMON TALE;

OR THE

WAILS O' A DRUNKARD'S WIFE.

First published in " Irvine Herald," March 10th, 1888.

A WAEFU' mortal here am I,
  Nae ray o' comfort seeming nigh,
My hungry bairns' plaintive cry,
              Adds to my grief,
An' bid me almost hopeless sigh
              Beyond relief.

Oh envious days o' maidenhood,
Before the cares o' life begood,
Blythe as the warblers in the wood,
              Unknown to care !
Oh, hoo I wish that noo I could
              Those pleasures share !

Yon happy days o' long ago,
Unknown to bitter pangs o' woe,
Unruffled by this deadly foe,
              Which slippit ben,
An' did my pleasures overthrow
              Afore my ken.

King Alcohol in a' his pride,
His fang o' ruin under hide,
Secured a place at oor fireside
              Baith firm an' sure ;
Then slowly did oor comforts glide
              Ootside the door.

The future harvest never seen,
We bade him welcome as a frien',
Whaur love an' peace had ever been
              The chief delight,
Ne'er thinking he wad change the scene
              As black as night.

My husband, ance the wail o' men,
The brag o' a' within my ken,
Just ignorantly brocht him ben
              For custom's sake ;
An' I mysel', thocht even then,
              'Twas nae mistake.

But, O my God ! I've often rued
That sic a monster ever sud
Within oor dwellin' been allow'd
         To find a place,
For he has stolen a' 't was good,
         An' left disgrace.

My husband, noo a drucken sot,
His character no' worth a groat ;
My starving, cladless weans forgot
         E'en wi' mysel' ;
A' forced to share a drunkard's lot
         Wi' him as well.

The very bed my mither gave,
A marriage present wi' the lave,
His alcoholic, madd'ning crave
         Had to appease ;
The hoose forbye's mair like a cave,
         Or what ye please.

We ance could boast a but-and-ben,
An' aye in comfort did we fen,
Wi' rowth o' vitals noo an' then
         To keep us weel ;
Noo poortith in a single en'
         Is all we feel.

" O enviable early days,"
When sporting lightly on the braes,
Unknown to life's rough, crooked ways,
         O' black despair,
Nae hopeless sorrow ever pays
         Ye tribute there.

But here, O God ! my heart will break,
A' for my helpless children's sake ;
The marriage life's a great mistake,
         Especially whan
Ane's tied to ony drucken rake
         That's scarcely man !

Behold the husband that I hae !
The fruits o' bachanalian sway,
To demon drink become a prey,
         As if for life,
An' yet a better in a day
         Ne'er took a wife.

He was baith loyal, kind an' true,
His gen'rous actions a' seen thro',
Till alcohol began to brew
         Discord within,
An' then like chaff a' pleasures flew
         Afore the win'.

The only ray o' hope I see
Wad chase the tear-drap frae my e'e,
An' bring baith joy an' peace to me,
                    Lies in the pledge ;
O would that he was only free
                    Thus to engage !

Ye wha think ye weel can thole
To trifle wi' King Alcohol,
An' keep him always in control
                    Mair frien' than foe,
Beware lest he thy peace enroll
                    In endless woe !

TO THE AULD YEAR.

1887.

———

FAREWEEL, auld year, a lang fareweel,
  The fangs o' daith noo owre ye steal ;
But ere ye tak' yer hin'maist wheel
        Gi'e some advice
To that new comer, youthfu' chiel,
        That he be wise.

That he may always aye inherit
A manly, independent spirit,
Nor wi' vain nonsense be miscarrit,
        Like some we ken ;
But plan that he may gain the merit
        O' a' just men.

Tell him o' a' the trials ye've had,
Enough tae drive a body mad ;
An' yet 'mid a', ye aye were clad
        Wi' justice bright,
An' ruled us a', an awkward squad,
        By legal might.

Ye've had yer griefs an' pleasures too,
The former great the latter few,
But aye yer spirit brocht ye thro',
        King o' them a',
A terror tae the rambling crew
        Wad break the law.

Beneath rebellion's fatal ban,
When ruin almaist smoor'd the lan',
To hold in check wi' eidient han'
        The tyrant race ;
Nae lawless tyrant dared tae staun'
        Before yer face.

Ye ruled us a' wi' firmness, tae,
The lawless gang ye held at bay,
Nor wad gi'e mad injustice play
        Owre a' the lan' ;
Yer word was law, a' must obey
        Thy just comman'.

An' ere in daith ye steek yer een,
Nae mair by mortal tae be seen,
I wad advise ye, as a frien',
      Tae 'dvise yer heir
Tae coup a' tyrants over clean,
      An' dinna spare.

What is a tyrant but a base
Degenerate being o' the race
O' human kind, whaur lies nae trace
      O' sympathy
The heart is painted in his face
      Bereft o' pity.

Nae tyrant ever yet wis brave
Enough tae fill a hero's grave ;
His deeds at best bespeak the knave,
      Begrim'd wi' ill ;
I'd rather be a tyrant's slave
      Than heir his will !

This I advise ye, don't neglec'
Tae teach thy heir due self respec',
Tae act as conscience wad direc'
      Withoot intrigue,
Nor favour ill tae suit the beck
      O' some big wig.

Then fare-thee-weel, thou dying year,
Thy closing hour is drawing near,
When thou thy pathless course maun steer
      Beyond life's gates ;
But gang yer ways, ye've nocht tae fear
      O' future fates.

But ye wha sab owre whit is past,
Or think that life wi' thee shall last,
Remember that daith's die is cast
      For thee an thine :
Prepare tae meet the final blast
      Wi' grace divine !

TO AN UNKNOWN CORRESPONDENT.

First published in " Irvine Herald," February 11th, 1888.

A reply to an anonymous letter which I received from a sanctimonious woman of the Pharisee type anent my verses—"Ye Ministers, Lay by Your Gowns." She signed herself as follows—" I am a mother, and one who knows she is saved."

DEAR Madam, I received your note,
   Which ye aiblins thocht a just ane ;
If yon's your faith, there's in't a blot
   That says ye're no' a Christian.

The Book o' Books says ye maun rule
   A' wi' a tender meekness,
Nor like yoursel', to act the fool
   Wi' Pharisaic weakness.

Ye say direct that ye are saved,
   Perfection a'thegither ;
The Pharisee like language craved,
   And he in truth was neither.

Your patron saint of old, ye ken,
   Made brag o' his behav'our ;
An' still the ootcast publican
   Drew forth the greatest favour.

Whether I be a' what ye say,
   Shall be known at the reaping ;
I might be sent the narrow way,
   An' you the broad ane sweeping.

Religion, pure an' undefiled,
   Wi' a' my heart I honour—
Hypocrisy by Satan wiled,
   Is just a perfect scunner.

Hypocrisy may blindfold man,
   An' gain his exaltation ;
But God alone the heart shall scan,
   An' mark each fause vibration.

Then, Madam, practice what ye preach,
   An' seek ye true salvation ;
Live ye a life beyond the reach
   Of God's just condemnation.

Noo, judge me richt, condemn me fair,
  An' mind I'm only human,
An' o' it's frailties hae a share
  Like ither men and women.

He wha runs tae curry grace,
  An' be a' bodies' plaything,
Maun wrang his conscience oot o' place,
  An' then he's but a naething.

When next ye write me, sign your name,
  An' I'll reply most kindly,
An' try tae picture oot your game
  Wi' Bible truths divinely.

TROON'S WELCOME TO THE DUKE AND DUCHESS OF PORTLAND.

ALL hail ! thou Chief o' Portlan', hail !
 Hail thou an' thy sweet lady !
May love an' frienship never fail
 To move aroun' ye steady.
We've cam' this day to welcome ye
 Baith to this ancient dwellin',
An' the heart o' ilka soul ye see
 Is in their bosom swellin'
   For joy this day.

Right welcome baith, lang may ye reign
 Superiors o' this manor,
An' aften come the gate again
 Crown'd wi' immortal honour ;
An' we wad whisper to yersel',
 An' 't be na oot o' reason,
We'd fain ye'd come again an' dwell
 Just for a langer season
   Some ither day.

No but we're gratefu' that yer Grace
 Has kindly condescended
To bring yer Duchess to this place
 To show hoo ye're befriended ;
But then were ye to bide awee,
 We'd a' be better ken'd aye,
An' for yersel', ye then micht see
 A system ye could mend aye,
   Or help some day.

Kilmarnock folks may crousely craw
 Wi' a' their great palavers ;
But their guffaw is moonshine a',
 An' naething else than havers ;
What care they for oor noble Duke,
 Or for oor Duchess either ?
Their zeal's their pocket an' their book,
 As shown withoot a swither
   Shortsyne ae day.

They've got nae claim on ye at a',
 To mak' sic great palaver,
Mair than their cash accoont to draw
 Ilk time they gain yer favour.

But Troon, aye sterling to the heart,
　In a' her big narrations,
Is pleased to play the loyal part
　In baith yer exaltations,
　　　　As seen this day.

An' then forbye, we are yer clan,
　A' marshall'd in guid order,
Prepared to greet ye to a man
　Ilk time ye cross oor border.
As thus ye see us a' this day,
　Assembled in oor glory,
Fu' blythe to meet ye on the way,
　An' strew bright flooers afore ye,
　　　　W' glee this day.

We were a luckless, wasting gang,
　Afore ye got the tether ;
But e'er sin' that we hae been thrang,
　An' workin' a' thegither.
An' sud there be some things to men',
　O' whilk ye've had nae inklin',
Thro' time ye'll aiblins come to ken,
　An' sort them in a twinklin',
　　　　Some future day.

Thrice welcome, Duke, an' fair Duchess,
　May neither meet wi' sorrow ;
Yer lives be fraught wi' happiness,
　An' bright be ilka morrow.
Lang may ye leeve to reign an' ken
　That ye're by us respected,
An' that respect ne'er hae an en',
　Or ever be neglected
　　　　By us ae day.

Yon day we were thrown tae the wa',
　Beyond a' comprehension,
It grieved us sair, baith ane an' a',
　Mair than we cared to mention.
But neither o' ye were at faut,
　Nor lost oor veneration,
Tho' some ane else was sair misca't,
　Enough to sink a nation,
　　　　E'er since that day.

Thrice welcome baith, the manor grace,
　We pray ye'll be contented,
To find it just as braw a place
　As ony ye've frequented ;
An' may ye ne'er regret the trip
　Ye've taen on this occasion,
But cheerfully yer minds mak' up
　To mak' anither invasion
　　　　Some early day.

Hae there's oor haun, we'll aye be true,
  Even tho' Kilmarnock check us ;
We'll trust humane-bred folk like you
  An' justice aye shall back us.
A snuff then for Kilmarnock snash,
  An' shallow water nonsense ;
We'll play oor part like men, or smash
  Them a' an' save oor conscience
          Frae shame this day.

Come forrit, Troon, fill up the gap,
  Be cautious, firm, an' steady.
Tho' owre the hill folk drink the sap,
  We'll cheer oor Laird an' Lady.
What tho' we're whiles thrown to the wa',
  A day o' reckoning shall come ;
Then to yer places ; gi'e the twa
  We fondly prize a welcome
          Fu' grand this day.

TO FULLARTON.

First published in the " Irvine Herald," June 28th, 1880.

———

AULD Fullarton, put on yer claes,
   An' busk yersel' fu' braw, man ;
Oor Duke will be ane o' thae days,
   An' occupy yer ha', man.

He'll bring his Duchess wi' him to
   A place she never saw, man ;
An' ye maun deck yer aged broo
   Tae grace a wife sae braw, man.

Sweet flooers, the brawest o' their kind,
   Be sure an' gather a', man,
To deck yoursel', and suit the min
   O' sic a honoured twa, man.

Troon shall assist ye to rejoice,
   An' gie merriment a ca'. man,
That dismal sorrow's creaky voice,
   Shall ne'er around ye fa, man.

For Troon respects the honoured pair,
   An' pray that fortune's ba', man,
May aye row wi' them lang an' fair,
   An' never backward fa', man.

That peace an' pleasure be their lot,
   An' hearts o' love croun a', man ;
Wi' a' gaun richt within their cot,
   An' wrang be faur awa', man.

An' may ye lang be fair to them,
   An' tempt them aft tae ca', man ;
That ye thro' time may rise to fame,
   Thro' sic an honour'd twa, man.

For years ye were a dormant nook,
   An' grieved us ane an' a', man ;
That ne'er a Duchess nor a Duke
   Sud ever grace yer ha', man.

But noo, thank Gudeness, sweet, Divine,
   Oor present Duke's nae thraw, man ;
But just a chiel that's guid an' kin',
   An's comin' to yer ha', man.

Be up an' on yer metal noo,
    Determined ne'er to fa', man ;
Wi' floral wreaths bedeck yer broo,
    An' stan' erect witha', man.

Dinna fausely beck an' boo,
    Prepared to swear the craw, man,
Is white, like e'en the worthless crew
    That's wi' a' win's that blaw, man.

" Preserve the dignity o' man "
    Wi' pure uplifted paw, man ;
Act fair an' square on every han',
    An' double deeds misca', man.

In this ye may create a foe,
    But ye'll hae frien's an' a', man,
Quite strong enough to overthrow
    The cuif wad see ye fa', man.

Aye speak yer mind, an' when the Duke
    Comes doun to grace yer han', man ;
He an' the Duchess won't rebuke
    Yer policy ava, man.

A' true men an' women prize
    The cloudless mind owre a', man ;
Sae Fullarton in manhood rise,
    Greet Duke an Duchess braw, man.

TO TROON.

First published in the " Irvine Herald," February 25th. 1888.

O TROON, cock up your heid fu' heigh,
   Nor be the least cast doon,
Ye'll bear the gree wi' Kirn or Crieff,
   Wi' Rothesay or Dunoon.
Helensburgh nor a' the rest
   O places on the Clyde
Will never rob ye o' your crest,
   Nae matter what betide.

A' the waterin' spots upbye
   May brag o' what they ha'e,
But, Troon, wi' ye they'll never vie,
   Tho boasting till doomsday.
What tho' the Exhibition craze
   Has settled on their brain,
An' set their virtues a' ablaze,
   Wi' them ye'll stan' your lane.

The fame ye've won in ages past
   Shall stan' ye guid this day,
An' will thro' future ages last,
   When they'll be in decay.
Be't coorse or fine, your atmosphere
   Is aye pure an' the best ;
In short, ye've a' that s needed here
   To mak' ane truly blest.

I canna say ye're famed for wealth,
   Or sic like hoarded trash ;
But then ye croon a' else for health,
   Which weighs the best o' cash.
What's sillar to the human frame
   If health be at the wa' ?
So much o't comes by sin an' shame,
   We're best wi' nane ava.

Ye Powers above, aye grant me health
   To earn my daily breid,
Then to the win' wi' hoarded wealth
   An' cares that's on its heid.
Let health an' strength aye be my lot
   When battling up life's hill,
An' though I own but half a groat,
   I'm independent still.

An' whaur on earth could I e'er trace
  A healthier spot than ye,
O Troon, my dear loved native place,
  Surrounded by the sea !
An' then for recreation ground,
  For sports o' every kind,
Your like in Scotland isna found
  Weel suited to ilk mind.

You've got your gouf an' boolin' green,
  Your fitba' clubs an' a',
Your gouf links beat a' e'er were seen,
  They stretch for miles awa'.
An' then ye ha'e yer promenade,
  Alang the sea shore side,
Where folk can wander undismayed,
  An' watch the unstained tide.

Your tide, untainted wi' your sewer,
  Pure as the atmosphere,
That daith does scarcely e'er secure
  A youthful victim here.
Your drainage which has underwent
  A proper overhaul,
Throughoot the winter, noo maist spent,
  Will be approved by all.

Ye'll maybe grudge to pay the sume,
  But that ye canna clear,
For gin ye wad protect your name,
  Be true an' pay your gear.
Ye ha'e a bonnie sawny beach,
  Whaur young an' auld can play,
That big an' wee can always reach
  Frae morn till close o' day.

An' then the country walks ye hae,
  Dundonald an' the glen ;
The Loans that aince held in a day
  A Sovereign an' his men.
The Loans laureate tauld us complete
  King Robert aince was there,
An' stayed awhile 'neath fortune's smile,
  An' sumptuously did fare.

Ye hae your famous Ballast Bank,
  Whaur gorgeous sichts are seen ;
Wi' greater heights 'twill even rank,
  It honoured Prince an' Queen.
When to its top we only reach,
  We scarcely wad come doon,
For at oor feet full is the beach,
  An' miles o' scenery roon.

Oh, Troon, had I the time an' space,
   A greater list I'd gie
Of a' the beauties o' your place
   That's seen by land or sea.
But cock your cap, an' croosly craw,
   Ye're healthy an' ye're clean ;
Ye've got the graces, meat for a'
   Wha hail health as a frien'

AN ABSTAINER'S APPEAL TO THE CLERGY.

First published in "Irvine Herald," January 7th, 1888.

———

YE clergy, rally round the standard,
  "No surrender!" be your cry;
Keep the foe from being landward,
  Bid the dire assassin fly.

Do not wait upon your neighbour,
  Onward press with heart and hand;
Do your utmost best endeavour
  To put drink from out our land.

Who knows but your neighbour shall come
  When he sees what you have done;
Then ye can give him a welcome,
  And go fighting both as one.

See each weeping wife and mother,
  Crying almost every hour,
Over husband, sire. or brother,
  Lost within the demon's power.

See the wailing son and daughter
  Mourning o'er a father's fall,
Who scorns to quench his thirst with water,
  And clings to that which does enthrall.

The child bewails a wayward mother,
  Bereft of all a woman's pride;
Her love for drink she cannot smother,
  And shames her family far and wide.

Where is Scotland's boasted bravery?
  Where her noble sons of yore,
Who scorned the very name of slavery,
  And hurled it headlong from our shore?

Oh for men like these to conquer
  This fiend of the bloody crown!
We know they would not stay nor hanker
  Till it was quite overthrown.

And is the spirit gone for ever?
  No vestige of it left behind
To rouse the present race who shiver
  With drink be-sotted brain and mind?

Oh ye clergy ! Would-be Christians !
   Why not lead the temperance band ?
Why stand back professing just ones
   While the drink-curse blights our land ?

Do not stand back cool and careless,
   And see your flocks go all astray ;
Rise like Christians, bold and fearless,
   And like Christians lead the way.

Come before they have to lead you,
   Aye, or shame you to the right ;
Then they may but little heed you—
   Now they'll back you in the fight.

As shepherds, would you be respected
   By the Master whom you serve ;
Then lead his straying flocks neglected,
   Who to Bacchus daily swerve.

Hear them bleat on hill and valley,
   Their shepherds few and far between ;
A few good herds around them rally,
   But many lag behind unseen.

Tell those magistrates who glory
   In planting dramshops any place,
At their doors lie much that's gory—
   Ruin, murder, and disgrace.

See the alcoholic lieges
   Hellward pressing every tide ;
And while the demon thus besieges,
   Ye pass on the other side.

Surely this was not the spirit
   Which the Master taught on earth ;
If priest and levite's ye inherit,
   Your use to man is little worth.

Close your beer and spirit cellars—
   Total abstinence pursue ;
Then peasant, cot, and castle dwellers,
   May follow your example too.

Ezekiel, with his lessons ample,
   Tells ye watchmen what to do ;
He bids ye aye set an example
   To all who wrong paths would pursue.

And well ye know, if this ye read in,
   The punishment that on ye wait,
If ye this holy law recede in,
   And leave your fellows to their fate.

If you love your fellow mortals,
　As the Master taught ye how,
Why not try to close the portals
　Where the god of Bacchus bow ?

See your country's shame and ruin,
　Your fellow-creatures growing worse—
Rise, O, rise, be up and doing,
　Try and quell this nation's curse !

Life is short, be thou in earnest,
　Fight this fiend which lives to slay,
And perchance a God-sent harvest
　Will thy labours well repay.

Ye who love your sons and daughters,
　Ye who love your parents too,
Shun this curse which only slaughters
　All that's noble, good, and true.

TO THE GOOD TEMPLARS OF TROON.

First published in the "Irvine Herald," January 28th, 1888.

DESPISED an' rejected gang,
   Scarce noticed in the busy thrang,
As if yer creed wis something wrang,
      An' desperate bad ;
Nae minister e'er comes amang
      Yer zealous squad.

The tear comes often in my e'e,
When I begin tae think on ye,
Wi' ne'er a minister tae gi'e
      Ye lift or shove ;
But staun aside, e'en tho' ye dee,
      Nor deign to move.

We're tauld nae drunkard shall inherit
That higher sphere o' Christian spirit,
An' ye wise Templars aft declare it
      Tae be fu' true,
While ministers but seldom bare it
      Aloft tae view.

In Trin ye're favoured weel wi' foure,
Wha, gin they were tae wield their power,
In coupin' alcohol clean owre,
      Ye wad perceive
That joy your griefs wad a devour
      Beyond reprieve.

But here ye maun fight on wi' fate
Against the Alcoholic spate,
Which rushes headlong in ilk gate,
      Wi' fearfu' bang,
An' ne'er a clergy rise tae state
      The evil s wrang.

If alcohol be reckoned bad,
There's wark enough for ilka lad
Connected wi' the clergy squad
      Tae coup it owre,
An' mang ye Templars fight like mad
      Tae break its power.

An' in the pulpit dinna spare
Tae bellow forth wi' vengeance there ;
O' nane but conscience hae a care,
      An' then they can
The ills o' alcohol declare
      In spite o' man.

Let conscience speak, an' then she'll boast
In favour o' the Temperance host ;
She'll tell o' reputations lost
   Beyond control,
O' ance bright hames tae ruin toss't
   By alcohol.

Fight on, ye Templars, bravely steer
The road ye're gaun, an' dinna fear,
For yours shall be a bright career
   Gin ye haud on ;
The hour o' vict'ry's drawin' near
   As shall be known.

What tho' the clergy staun aloof,
The day's at haun when ye'll gi'e proof
That ye hae focht on their behoof
   An' mony ithers,
An' then they'll come beneath yer roof
   An' hail ye brithers.

Speak facts, an' still revere the race,
An' meet them always face to face,
Nor try tae blin' them wi' a grace
   That's fausely wove ;
Their teachings leave behind a trace,
Which paves the way tae yon bright place
   Where a' is love.

LINES

Written on the Frontispage of the Roll Book belonging to the Haven of
Rest Lodge, No. 302, I.O.G.T.

1882.

———

WHOE'ER ye be who use this book,
  Use the Constitution too ;
At truth an' justice ever look
  With a fair impartial view.

Demand your rights ; aye free to lend
  Your aid to right below ;
Scorn the wrong, and never bend
  The knee to freedom's foe.

Hypocrisy always ignore—
  Religion aye respect ;
The first is but the devil's core,
  The second—God's elect.

The unregenerate sinner may
  At the eleventh hour be blest,
An' the aiders of hypocrisy
  Be sent with Satan's best.

AN ADDRESS TO THE BAKERS.

YE bakers shake wi' terror noo,
 For haith, I fear ye'll be run through ;
The friend o' union and o' you
    Has turned yer foe ;
An' he may be as bitter, too,
    As ane ye know.

That *ane* may lieve to see the day
When he'll regret in deepest wae
The mony quirks he tried to play
    Upon ye a',
Yet couldna sen' yer branch astray,
    Nor work yer fa'.

Gin I a prophet daur to be,
The day shall come, an' that ye'll see,
When penitent he'll come to ye,
    An' shelter crave,
Regrettin' much he did agree
    To act the knave.

Ye stood for principle an' right,
An' manfully proclaimed the fight ;
But what wad some no dae for spite,
    As ye hae seen ?
They'd even try tae blacken white
    A dirty green.

The scribe ye hae (nane curst like he),
They pass him wi' a scornfu e'e,
As if they'd sink him in the sea
    Tied to a stane,
Which pictures manhood far ajee,
    An' reason gane.

But let them dae their very best,
An' vow they'll neither sleep nor rest
Till ance they've put ye to the test
    Wi' lawyer chiels ;
Ye'll croon the causey, and be blest
    Owre a' their wheels.

Ye've stood their blypes and shocks before,
An' ance or twice nigh 'whelmed o'er ;
Ye then showed unionism power,
    Sae dae't again ;
Mantain yer principles, nor cower
    To men sae vain.

Tak' ye to barrows, picks an' shills,
Nay, manufacture creepie stills,
Or herding nowt upon the hills,
      Or plough the seas,
Ere ye surrender richts an' wills
      To cuifs like these.

We kent that ane was lang yer foe,
An' tried to work ye muckle woe,
While tither ane wad have ye know
      That he was true,
An' haudin' that sent forth the blow
      Nigh settled you.

But haud yer ain nor mind the pair,
Maintain yer richts wi' edient care,
An' ither corks wi' you shall share
      Their sympathy,
An' ye'll be men when they're nae mair,
      An' that ye'll see.

Some o' yer gang ha'e seen in Troon
As mighty men as they come doun,
An' scarcely fit to birl a croon
      An' ca't their ain ;
Wha kens ye'll maybe see come roun'
      Sic things again.

When men attain to something great,
They aye sud be content to wait
On principle, an' moderate
      What powers they ha'e,
Lest greed for greatness led by fate
      Lead them astray.

Be men o' mettle, dinna fear,
Yer judgment may be just as clear
As some wha think they ha'e mair lear
      Than a' yer gang ;
Sae haud ye to the richt nor steer
      Wi' them to wrang.

WHEN THE SPONGING IS BYE.

BE gay, licht-hearted bakers, sae rantin' fu' o' glee,
  My heart does warm towards ye sic happiness to see,
An' minds me o' my early days when a lightsome youth was I,
A daffin' wi' my lassie when the sponging was bye.
When the sponging was bye ; when the sponging was bye ;
A daffin' wi' my lassie when the sponging was bye.

'Tis balm an' consolation to feel the glow o' love,
The only feeling that I ken to match wi' scenes above ;
An' fondly beats the bosom as the happy hour draws nigh,
The hour ye meet your lassie when the sponging is bye.
When the sponging is bye ; when the sponging is bye ;
The hour ye meet your lassie when the sponging is bye.

He's neither man nor mortal, but something cauld between,
Wha kens na o' the pleasures won when coortin' blythe at e'en,
Nor felt the saftening lowe o' love that comes wi' ilka sigh,
When cleekit wi' your lassie when the sponging is bye.
When the sponging is bye ; when the sponging is bye ;
When cleekit wi' your lassie when the sponging is bye.

'Tis sweet an' boundless pleasure, wi' the lassie that ye lo'e,
Hearts beating warm in unison, nor dootin' ither true ;
Held fondly to your bosom, there's speech in ilka sigh,
Faur mair than tongue can utter when the sponging is bye.
When the sponging is bye ; when the sponging is bye ;
Faur mair than tongue can utter when the sponging is bye.

Noo. ye lichthearted bakers, wha coortin' gang at e'en,
Wi' love-inspired bosoms to meet some charming queen,
Be honest an' true-hearted, o' fause deeds aye be shy,
Nor try to wrang your lassie when the sponging is bye ;
When the sponging is bye ; when the sponging is bye ;
Nor try to wrang your lassie when the sponging is bye.

BAKERS' UNION.

To the New Executive.

First published in " Irvine Herald," August 24th, 1894.

ALL hail, Executive, all hail,
    Weel may ye reign, an' seldom fail
To wield the Unionist cat-tail
        On scales an' nobs,
Wha can dae nought but rout an' rail
        'Boot slavish jobs.

Noo that ye've got the government,
I hope that ye'll be weel content,
An' ever ready to present
        A gallant face,
An' guide us a' baith firm an' stent
        In ilka place.

We maun respect auld Aberdeen
For what we are, no' what we've been,
For days o' drudgery we've seen,
        Till they took up
The reins o' government an' bien—
        Ly used the whip.

An' noo that ye hae got the reins
To drive owre Scotland's wide domains,
I hope that neither time nor pains
        Ye'll spare at a'
To bring nobs in to share the gains
        Owre which we craw.

Ye'll hae some wark, I brawlie ken,
To bring in Scotland's thochtless men,
Wha craw best at their ain fire en'
        'Boot what they'd dae ;
But test their faith, ye see them then,
        Cool, slink away.

We've Scottish bakers, sad to say,
Wha grunt an' grum'le day by day
'Boot slavish hours an' little pay,
        An' winna gi'e
A broon bawbee to pave the way
        Wad set them free.

If bakers only wad be wise,
An' draw the dust frae oot their eyes,
An' energetically rise
        An' play the man,
Successes great wad then surprise
        Them ilka ane.

But while they're ever pleased to wait,
Contented in their slavish state,
Selfish-like an' something blate,
        They maun be slaves,
An' wha kens but employers great
        May rank them knaves.

The truly independent man,
In causes richt that tak's a stan',
But gains respect throughout the lan'
        By even those
For selfish ends their hides wad tan
        In slavish throes.

We've some employe's may be rash,
An' co-operating work to smash
Oor blessed Union into hash
        For greed o' gain ;
But men as one sic powers can thrash,
        An' haud their ain.

We've men wha can do nocht but moan,
Expectin' maisters will atone,
An' guide the short hour movement on ;
        But hear me say,
Gin men be men, I'll lay a scone,
        They'll win the day.

Let them tak' barrows, picks, and shills,
Nae manufacture creepie stills,
Or herd the nowt upon the hills,
        Or plough the seas,
Ere they surrender richts and wills,
        Vain men to please.

Noo Hayworth, Clubb, an' Hunter too,
Guid work I hope shall spring frae you,
An' that you'll guide us a' safe thro'
        Ilk storm an' squall,
Till nobs be only what we knew,
        Nob-shops an' all.

DUMFRIES AND GLASGOW BAKERS.

*Written on reading the deplorable condition of Bakers in Dumfries by one who
signs himself "A White Slave."*

GONE is legislation's power,
   An' slav'ry still exists amang us,
Withoot a Wilberforce to cower
   The tyranny wad daur to wrang us.

We've seen the slave abroad set free,
   In freedom's cause joyous partakers,
While in auld Scotia here have we
   Toil-worn an' slave degraded bakers.

Dumfries an' Glasgow, oh, for shame!
   That sons o' yours should be in slavery;
Ye gods arise! aid them to claim
   Their rights with independent bravery.

Oh, fellow mortals, what are you?
   That men should thus upon you trample,
As if bereft of soul, nor knew
   Weel hoo to treat their fellows ample.

They've turned your very nights to day,
   These masters of your degradation;
Ye're forced to sleep while others play,
   Nor time for useful recreation.

Oh! Scotland, blush for very shame!
   Your holy Sabbaths are degraded
By monster masters, who dare claim
   That Sunday rites must be pervaded.

Ye cowards an' knaves wha lag behind,
   Nor deign to rise an' aid your brothers,
May Justice ever fail to find
   Ye when she comes to bless the others.

May she denounce ye far and near,
   Unworthy o' her kind protection,
An' loyal sons o' Justice here
   Mark ye unfit for their selection.

Rise, ye laggards, rise an' join
   The cause that's spreading thro' the realm ;
Hail the Federal Union line
   Which lives this slavish curse to whelm !

Ye generous public, who delight
   To spend yer might in aid of others,
Assist the bakers in their fight—
   Tho' bakers they are still your brothers !

Hail the Union with a cheer,
   An' every Union man a brother ;
Encourage only those who'll dare
   The baker's slavish curse to smother.

THE ANTI-TRADE UNIONIST.

A MAN more popular than he
   Is not in Irvine town,
And why ? because he tried to break
   The Baker's Union down.

He thought fair wind was in his rear,
   And everything would go
As he desired, and men would quail
   Beneath his thraldom throe.

The sturdy men of Irvine Branch,
   All union to the core,
Came out and spread his fame abroad,
   And what could they do more ?

'Twas only right that they should give
   All credit where 'twas due,
As they did to other nob shops,
   And heartless blacklegs, too.

Poor deluded blacklegs all,
   Pity they are so poor,
As would undermine heroic men,
   Their freedom would secure.

And rather than perform the man,
   Who freedom's glory crave,
Would bend beneath tyrannic sway,
   Content to be a slave.

Weak, cringing curs of blacklegs, O,
   Most mournful is your case,
Thus to be spurned by freedom's sons,
   The blight of any place.

Why not regret that you were born,
   Bereft of heart and brain ?
Yet mean enough to rank as nobs,
   Which freemen all disdain.

Great powers ! who would be scabs or nobs,
   Or something worse than knaves !
When men more worthy would be free,
   Disdaining to be slaves.

Those scabs, and nobs, and blacklegs too,
   The pest of Irvine town,
The dupes and knaves of tyrant corks,
   But wear a traitors crown.

Thou staunch, true men of Irvine,
  Well worthy of applause,
Stand solid by the Union,
  And still maintain your cause.

Take to the pick and shovel,
  Ay, and the barrow too,
Ere ye do degrade your manhood,
  By that which nobs would do.

That far-famed man of Irvine, who
  Would bind you to the yoke
Of slavish power, remember will
  Receive the greater shock.

And the weapon that he's wielding,
  All for the sake of pelf,
Will miss the mark he aims at,
  And sadly wound himself.

AN ADDRESS.

To County Councillor Wyllie, desiring him to seek re-election.

NOVEMBER, 1892.

———

COME hither Wyllie, dinna waver,
　Or think that ony ither shaver,
For favour, plunder, spite, or pillage,
Shall ever represent the village.

Troon is determined that she'll hae thee,
An' woe betide him wad gainsay thee,
For lang as ye hae braith to draw,
An' health an' strength within your ca',
An' hae the mind wi' us to reign,
As County Councillor remain.
For, sir, we want ae honest man,
That aye by honest deeds will staun ;
An' we hae tested ye an' found
Your honesty an' truth are sound,
Nor gien to base, deceitfu' measures,
In hopes that they'll enrich your treasures,
Nor try to win a Landlord's favour,
By aiming at some base endeavour.

We want nane o' your pooh-pooh fellows,
Wha come and gang just like a bellows ;
Wha to the big man becks an' boos,
Prepared to lick up a' he spues ;
Wha to the laird wad sell the tenant,
If there were trade an' favour in it.

We want a man wi' nerve an' muscle,
Prepared to enter ilka tuzzle,
An' play his part wi' manly zeal,
Like ilka ither honest chiel.
Sic qualities we've found in you
In actions past ye've dared to do,
An' want ye, sir, to represent
Us in the coming Council Tent ;
Sae come ye forrit, dinna swither,
For by my sang we'll tak' nae ither.

We canna trust men that wad sell us
By morbid stories that they tell us ;
We just want sterling men an' true
To staun by us as done by you.
We want ye there because we ken
Ye hae in view nae selfish en' ;
Nae Laird or Factor to instill
Things into you against your will ;
An' that ye'll deal fairplay to a',
To rich an' pair, sink, soom, or fa.
An' should there e'er spring up a hubble,
Like yon most famous water squabble,

In ye we've faith ye'll play the man,
Wi' truth an' justice weel in haun',
Nor winna be dictated to
By aught of a lick-spittle crew.

For want o' men, true, firm an' soun',
High taxation cripples Troon,
An' mak's her blush for very shame
To own her sons scarce worth the name.
Oh ! Heaven high, come grant my prayer !
Wi' talent, time, an' cash to spare,
An' I wad beard the traitor crew,
An' show the world what caitiffs do !
But puir am I, an' canna boast
O' riches gained, or riches lost ;
Nor can I boast o' muckle sense,
Mair than I hae got just by chance.
But oh, thank Heaven, I do inherit
Aught but the caitiff, cowardly spirit,
Or aught wad drive me on to vote
For that my conscience says is rot !

But havers, Wyllie, I'm galantin'
Clean aff the subject, an' what's wantin' ;
But, sir, when seized wi' pious passion,
I'm sure to mak a wide digression,
An' wander frae the point in view
As I hae fairly proved just noo.

Then, sir, again to things as common,
The interests o' the man an' woman,
Ye see that we are ready, waitin',
For you to tak' anither sate in
The County Council as before,
Whaur ye've done much for us, an' more
Than ony ither public man
We hae in oor corrupted lan'.
Corruption is the thing we dread—
Corruption has nigh killed us dead.

The dearest wish in life I ha'e,
Is my dear Troon shall see the day,
When her corrupted sons shall be
As pure in principle as ye ;
An' ever brilliant in the fight,
Demanding fairplay, truth, an' right,
An' like men perform their duty,
Discarding self or landlord's booty.
Sae come thou forrit, sir, an' reign
As County Councillor again,
An' when daith comes to ca' ye hence,
Some ither honest man by chance
May rise, my dear loved Troon to guard,
An' reap an honest man's reward ;
And like ye, honoured, sung, and praised,
For honest work in questions raised.

TROON POLITICIANS.

TROON has fell beneath hersel',
   An' in a sad condition ;
There's scarce a son she has can tell
   A sterlin' politician.
The leaders that we used to hae,
This while sin' back hae fell a prey
To feudalism's binding sway,
   Wi' sma' sign o' contrition.

They may come back to sense an' truth,
   An' solid move wi' ither ;
But then the wrangs they did, forsooth,
   Shall brand them a' thegither
As men unfit to pilot Troon.
When feudalism hovers roun'
Wi' ruinous rates upon the toun,
   They bend an' yield like leather.

They canna staun firm as a rock
   Like anes we've seen already,
Resisting feudalism's shock,
   Defiant, firm, an' steady.
Na, na, they're made o different stuff,
Unfit to meet a Laird's rebuff,
Wi' grit an' spirit strong enough,
   On independence fed aye.

The Rads cry oot, " We'll gie Home Rule
   To Ireland as a nation,
In spite o' ilka Tory fool,
   An' Tory humbugation."
In Troon baith Rad and Tory 'gree,
Defendin' feudalism s plea
An' Troon, Home Rule disdain to gi'e,
   But heap on mair taxation.

Home Ruler chiefs, come tak' a thocht,
   An' act wi' some consistence,
An' some sma' ills ye may ha'e wrocht
   We'll blot oot o' existence.
Let Troon folk get Home Rule as weel
As ony ither Irish chiel' ;
On feudalism set your heel
   Wi' stern truth's resistence.

Troon, to the core it pains me ill
That there be men amang us,
The big man's coffers fain to fill,
E'en tho' the action wrang us,
An' cry "Home Rule" on ilka hand !
That Ireland sud get her demand ;
An' yet 'gainst Troon wad tak' a stand,
That Lairds an' like sud whang us.

The bulk o' Troon that wad be free,
Sent forth a huge petition ;
But some declared Troon couldna 'gree
In sic a free condition.
Then Rad an' Tory leaders joined,
To feudalism much inclined,
An' some sma fry wi' them combined
To work oot Troon's perdition.

O Troon ! my heart beats sair for you ;
In fact I'm maistly greetin',
That you're surrounded by a few
In pain wad keep ye sweatin' ;
What need I grieve, ye've sons mair true,
Than fause anes o' the past ye knew,
Wha will tac honour pull you thro',
An' traitor loons lea' bleatin'.

The day o' retribution will
Come sure enough an' early,
When traitor loons shall greet their fill
An' sab baith great an sairly.
An' by my haivers an' my sang,
Nae maiter hoo some cuifs harangue,
Richt never shall come oot o' wrang,
For truth shall aye reign clearly.

Thou men o' Troon, that fain great parts,
Let justice, truth, an' heaven,
Reign supreme within your hearts,
Nor let puir Troon be driven
To that foul scheme upon the hill,
Whaur morbid water she maun swill,
Tho' epidemics rise an' kill
The great pairt o' her livin'.

Thou puir past guides for ance be men,
An' be wi' manhood ranked ;
The day micht come—we scarcely ken—
When for't ye may be thanked.
Tell ilka ither weak thing too,
Wha thocht nae leaders led like you,
That truth commands ye to be true,
An' blast the ills ye've banked.

TO A STREET LOON.

THE greatest living pharisee
   That e'er was in a toun,
Was the hyprocite wha wrote to me,
   And signed himsel' a " Loon."

The greatest living pharisee
   That ever slander'd fame,
Was the coward loon wha wrote to me,
   An' durstna sign his name.

Of a' the pharisaic race,
   He was the maist complete,
The heart defiled shown in the face,
   An' marked the hypocrite.

I'm wae that I should soil my pen
   On coward loons like he,
Wha daurna fight like honest men,
   And hit stracht oot at me.

Why does he hide behin' strong wa's,
   An' shoot his venom'd spite?
Does he ignore the Christian cause
   That's to him dark as night?

Or does he fear the warl' wad laugh
   To see his name complete,
An' cry alood his cant is chaff,
   An' he a hypocrite?

O that a' folks wad practise well
   The language that they preach,
Then a' on earth wad happy dwell
   Believing what they teach.

O Loon, come forrit wi' your name,
   Not be the least afraid;
'Twill bring nae mair than ye to shame,
   To blush at what ye've said!

Altho' your morbid hert's ootside
   O' purity an' faith,
A' would-be saints like ye shall guide
   Ye safely thro' a' skaith.

An' I wha love religion pure—
  Hypocrisy abhore—
Will court the Muse to rhyme like stoore,
  An' gi'e ye doubly more.

Noo, mark me weel before I close—
  I've read the Bible thro',
An' hypocrites are marked foes—
  That class resembling you.

But havers—I maun quat my ryhme,
  Lest I gae aff the tune :
"Tis only wasting precious time
  To argue wi' a loon.

TO ONE AT HOME.

A HOWLING storm's come on, my love,
　The sea is raging high ;
Our vessel's scudding on her way,
　Beneath an angry sky.

But let the storm howl on, my love,
　It's a' the same to me ;
I canna think upon the storm,
　For thinking, love, on thee.

Tho' fearfu' storms bestrew my path—
　Wind, rain, an' snaw unite,
Ye'll ever be my constant care,
　Tho' day be dark as night.

Then my true love, cheer up, be gay,
　Tho' I am far awa' ;
Wi' Heaven's consent we'll meet again,
　When summer's on the daw.

AWA', WOOER LADS, AWA'.

———

AWA', ye wooer lads, awa',
 Ye'll throw nae glamour owre me,
For I've a lad weel worth ye a'
 That's won my heart afore ye ;
An' tho' he's far across the main,
 He's dear to me as ever ;
Sae gang the gate ye cam' again,
 Wi' a' yer clish-ma-claver.

Aboot yer clink ye needna boast,
 For haith it s little treasure ;
The honest joys o' love are lost
 Aft by its cankerous measure.
Guid honest love's the love for me,
 Tho' poverty should back it ;
That falsity can never gie,
 An' wealth can never mak' it.

Altho' my lad be e'er sae puir,
 An' poortith aye luik owre me,
Wi' but ae sark, an' naething mair,
 I'd cling to him afore ye.
An' tho' that sark was gane threid bare,
 A' clooted owre wi' patches,
Sic scantiness wi' him I'd share,
 An' ne'er envy yer riches.

Awa' frae me ye fickle trash,
 For a' yer vows I care na ;
Gi'e me my ain lad, scant o' cash,
 For he alone can cheer me.
I own that he's a throuther cheil,
 A rum ane aye for rantin' ;
But then, witha', to me he's leal,
 An' that's the ane I'm wantin'.

TROON'S LAMENT ON THE RECEPTION OF HER TAX PAPERS.

First published in the " Irvine Herald" of December 17th, 1887.

SAIRLY dejected and opprest,
   I hail the sympathetic breast
      Tae lay my heid at leisure,
Whaur I can mourn the fate that's mine,
An' a' the joys o' life resign,
      Averse tae ilka pleasure.

I wail my sons an' dochters a'—
For wark's been slack an' wages sma'—
      An' O, whit high taxation !
I meikle fear this drainage tax
My hoarded huggar sair will rax
      An' smoor me wi' vexation.

Had a' my sons an' dochters ta'en
Advice frae yon twa worthy men—
      Campbell an' M'Murray—
Wha baith, like heroes, bravely focht
Tae bring a ru'nous scheme tae nocht,
      An' save us a' this flurry.

A' honour tae the twa, say I,
Lang may they leeve ; an' when they die
      May statues be erected
In memory o' the pairt they played
For me an' mine, an' were waylaid
      By treachery detected.

O, had we a' turned oot like men,
An' back'd up thae twa heroes then,
      For justice tae be given !
This drainage tax, exorbitant,
Which wildly does before us flaunt,
      Wad tae the wa' be driven.

Noo, for oor cauld indifference,
We maun gae forrit wi' oor pence,
      An' pay the unca'd piper ;
We've got the music, dance or no',
We maun subscribe tae ilka show,
      Tho' spurn'd, e'en like a viper.

As annually the show comes roun',
There's meikle sorrow i' the toun—
      Some folk held up tae scorn—
While I, an sympathesin' weans,
Grim sorrow coursin' thro' oor veans,
      Hae nae redress but mourn.

ROW ME IN YOUR PLAIDIE, LASSIE.

———

ROW me in your plaidie, lassie,
 Row me in your plaidie, O,
That I lo'e but thee, my lassie,
 My endearments fondly show.

By yon silver moon, my lassie,
 By yon stars sae bright an' clear ;
By heaven itsel' I'm thine, my lassie,
 Nane to me shall be mair dear.

Cauld north winds blow snell, my lassie,
 But underneath your plaidie I
Wad scorn the cauld, my bonnie lassie,
 An' heedlessly wad let it bye.

Fear na me, my dear lo'ed lassie,
 Honour is the pledge I give ;
By a' aboon I swear, my lassie,
 For thee, an' thee alone I live.

Dearer than my life, my lassie,
 Thou to me shalt ever be ;
Sae row me in your plaidie, lassie,
 Thou hast nought to fear frae me.

When I beheld ye first, my lassie,
 A something said ye wad be mine ;
An' here, by heaven I swear, my lassie,
 My heart an' soul are purely thine.

YE MINISTERS LAY BYE YOUR GOWNS.

First published in the " Irvine Herald," February 4th. 1888.

———

YE ministers lay bye your gowns,
 An' close your books for ever,
As we hae gotten ither loons,
 Wha preach and read fu' clever.

We're makin' saints noo by the score,
 An' preachers by the dizzen,
Wha rant an' preach wi' great uproar,
 An' set the toon a bizzin'.

We've got nae tambourines tae play,
 Nor kettle drums tae rattle ;
But wi' oor tongues mak' great array,
 When marching on to battle.

We gather crowds upon the street,
 An' shake them a' wi' terror,
Till plump, they fa' jist at oor feet,
 An' syne confess their error !

An' bits o' boys an' lassies gay
 Confess they're loyal just anes,
An' rant an' sing alang the way
 Wi's aulder-heided Christians.

O, what a glorious time we hae
 Wi' this new licht devotion !
Gospel truths bestrew the way,
 An' stir up great commotion.

We love the pious gossip style,
 An' frichtsome art o' saving—
Tho' ootside folk declare the while,
 'Tis just a morbid craving.

But let them say whate'er they may,
 We winna court their favour ;
We'll rant an' sing, jump, kick an' fling,
 For this is nae palaver.

Ye ministers, close up your kirks,
 Ye'll preach nae mair amang us ;
We'll rowt an' shout like stots an' stirks,
 E'en though Auld Nick sud whang us.

A WORD FOR TROON.

OH Trin, my honoured and respected hame,
  Some ill-speaking bodies, I hear,
Are trying tae mantle yer shouthers wi' shame,
  An' draw tae yer e'e the big tear.

Some say that they cam' tae yer shores in the past,
  And the stink o' yer drainage declare,
Had almost compelled them to breathe oot their last,
  Laid fast by the heels in despair.

If seized by neuralgia, or toothache, or gout,
  Rheumatics, or wracked wi' pains,
·In their sufferings forget the disease, and cry out—
  "This surely is caused by the drains."

If they gang tae their beds wi' stomacks owre fu',
  An' ilka ane hoved up like twa ;
An' rising disordered, they boke an' they spue,
  An' drainage is blamed for it a'.

Or they may hae a pairty at nicht, whaur the wine
  Is drank till a's drunk an' secure ;
An' slide tae their beds as majestic as swine,
  An' a's blamed on oor sad bungled sewer.

Or if some ane that's fuilish gangs doon for a dook,
  An' owre lang in the water remains—
They, chilled and disordered, creep into a nook,
  An' pining, cry oot, "It's the drains."

That deil, Superstition, tak's chairge o' some folk
  When in Trin, an' disorders the brain,
That when they meet in wi' an every day shock
  They imagine it maun be the drain.

Oh, Trin ! what is it folk slanders ye for,
  An' ye sic a healthy wee toun ?
Ye improve every mortal that comes tae yer shore—
  Ye sen' them hame healthy an' soun'.

An' folk that wad see ye dishonoured an' dune,
  Cry oot that ye stink like a brock,
While a healthier place isna under the sun,
  Than yersel', firmly built on a rock.

But cheer up, tho' slanderers rise in their micht,
  An' try tae rob ye o' yer fame ;
Tho' yer drainage wis bungled, it yet may be richt,
  An' I hope sae for the sake o' yer name.

Three thousan' folk cam' tae yer coast tae reside
  Thro' the simmer that's noo awa',
An' ne'er a ane o' them thro' drainage hae died,
  Or thro' it been sicken'd at a'.

But Trin, in conclusion, jist tell a' frae me,
  An' in sayin' 't ye needna be slack,
That ne'er a ane o' them thro' drainage 'll dee,
  An' they needna be fear'd tae come back.

An' while I can haun'le my tongue or my pen,
  In truth, I'll defend ye till daith ;
Ye're the healthiest spot on the globe that I ken,
  Nearly proof against daith's chilly braith.

My advice to a' bodies that may fa' unweel,
  An' tortured wi' sair grippin' pains,
First study the cause ere ye bellow an' squeel
  The faut lies wi' Trin an' its drains.

A PUBLIC ADDRESS TO TROON.

First published in " Irvine Herald " of June 25th, 1887.

REJOICE, O Troon, proud of yourself,
   In your loyalty to our Queen ;
For never in your history
   Have we witnessed such a scene,
As that which was successfully
   Carried on with loyal glee
On the twenty-first of June last,
   By your people, loyal and free.

Scotland's boasted loyalty
   Was in truth displayed that day,
By your worthy sons and daughters,
   All out in bright array.
No grief-struck face was witnessed
   In all the gorgeous scene ;
For joy, she reigned triumphant,
   Doing honour to our Queen.

Your houses, workshops, mansions all,
   With bunting and evergreens
Were in splendour, doing honour
   To our Queen, the Queen of Queens.
Troon, hail thou our good Victoria !
   May she still live long to reign,
Revered by all the human race—
   Britannia's noble Queen !

TO JEALOUSY.

*Written on dreaming that my sweetheart, through the intrigues of the
blue-eyed monster, had forsaken me.*

———

OH, jealousy, thou child of hell !
   Why entered thou sweet virtue's breast,
And tales of hell's deception tell,
   To mar that bosom's quiet rest ?

The maid that I so dearly prized,
   And thought to conquer as my own,
Has been by thy intrigues advised
   To leave me hopeless and alone.

From my sad state how can I be
   The cheerful swain I was before ;
A lovelier maid I'll never see
   Than her that s bade me hope no more.

In matchless sorrow here I pine,
   Brought on by your infernal curse ;
The wretches that dread fate consign
   To endless woe can feel no worse.

TO JOAN KELLY.

(Written on reading her tribute on the Birthday of Burns in
of February 4th, 1893.)

SWEET Poetess of Irvine Moor,
   Why thus despondingly complain ?
Why mourn because that thou art poor,
   And sigh for pomp and youth again ?

Know that life's panoramic scene
   Has got but one continuous turn ;
And we can ne er be what we've been,
   Regardless of the much we yearn.

The span of life is short we hae ;
   And so, where'er our die be cast,
We all should occupy the day,
   And live as 'twere to be our last.

The great Almighty Power that reigns
   Willed all to suit His high behest,
And none of His should e'er complain,
   Knowing all He did was for the best.

We're here to-day, to-morrow gone —
   Gone from life's panoramic scene ;
Then, while we live, live to atone,
   Nor sigh for aught that we have been.

If we would be more than we are,
   'Tis toward the future, not the past,
That we must look, nor move to mar
   The present with a doubtful cast.

'Tis in the present we can form
   Resolutions good and true,
To meet the coming calm or storm,
   With which all creatures have to do.

Joan, ne'er murmur nor repine,
   That thou are fated to be poor ;
Live well, and living, live divine,
   And future happiness secure.

Nor envy wealth with all its shams,
   The pride and pomp that comes withal ;
The greater storms with little calms,
   The greater smash when comes a fall.

Sigh not for wealth with all its pride ;
  The poor have pleasures, loves, and joys,
Of which the wealthy are denied,
  Which wealth, and pride and pomp destroys.

We may be old, we may be young,
  We may be rich, or poor withal ;
No matter what we are, 'tis wrong
  To sigh for that we can't recall.

No matter what we chance to be,
  Our days on earth are badly spent,
If we in life can never see
  Beyond the shrine of discontent.

Contentment with a tranquil mind,
  The source of joy and life below,
Is all the blest in heaven shall find,
  When hurled beyond the reach of woe.

What's wealth and youth to you and I,
  If either should be badly spent?
We're hear to-day, to-morrow die,
  Then let us live our day content.

THE BEADLE TO HIS NEW BELL.

O wond'rous bell, I'm fain o' ye !
   Your brilliancy bedims my e'e,
Ye're sic a bonnie sicht tae see,
               Nane like yersel' ;
Ither beadles shall envy me
               Wi' sic a bell.

The ither beadles o' the toon
May hing their heids an' sadly croon,
For you an' I their soon' will droon
               Ilk Sabbath day ;
They'll never rise aboon the soun'
               An' ring ye hae.

I think I see the ither twa,
Wi' a' their strength, rax, rive, an' draw,
Till bells an' bell rapes come awa',
               An' deacons flyte ;
But dinna fear, we'll ding them a',
               An' smoor them quite.

The Parish Kirk's auld three-score bell
May swing an' ring, ding-dong, pell-mell,
'Twill never rise aboon yersel'
               As shall be seen,
When future ages rise an' tell
               What we hae been.

The timmer-tin'd ane o' the Free
May ca t atoure an envious e'e,
An' try tae fettle you an' me
               Wi' looder soun',
But owre them a' ye'll bear the gree
               For time an' tune.

There's but yae thing that nettles me—
The Parish Kirk still bears the gree,
Wi' the brawest spire o' the three,
               A grand design,
An' fairly shades us an' the Free
               Clean oot o' shine.

But then, oor Kirk, O, what a shrine !
Triumphant architectural line—
Fit spot for e'en the best divine
               O' ony toon,
That ever made th' attempt tae shine
               In pulpit goun.

I only hope, my petted bell,
The kirks shall gree amang themsel',
An' no rise up to fight an' mell,
  An' en'mies prove ;
Or Clergies rise for spite, an' fell
  Existing love.

Oor ministers are only men,
An' apt tae quarrel noo an' then.
Thro' auld wife's stories comin' ben,
  Which seldom fails
To breed an' hatch at their firen',
  Or black coat tails.

But you an' I shall never fash
Oor heids wi' favour-seekin' trash,
Jist let them mix their ain whitewash,
  An' slabber't well ;
The dish they fill shall gang to smash,
  An' jaup theirsel'.

A' favour-seekin' folk I find,
Aye wear a conscience o' a kind
That wallops roun' a shifty mind
  Fu' o' deceit,
An' trim their sails to ilka wind,
  Foul, fair, an' sweet.

But havers, bell, what need we care
Tho' ither folk their conscience tear ;
Yoursel' an' I are still a pair,
  An' mean to be ;
An' loyal frien'ship constant bear
  Till either dee.

Gin I be spared for lang, by jing,
I'll mak' ye a respected thing,
For every Sabbath day I'll ring
  Ye wi' sic force,
That the soun' o' ither bells I ll ding
  Clean oot o' course.

Come, let me pat ye wi' my haun',
The model bell o' a' the laun' ;
Twal' hunner-wecht jist as ye staun',
  Tongue, lip, an' horn,
An' free to ring at my commaun'
  Ilka Sabbath morn.

I'll love an' tend ye day by day,
An' loyally will respect ye, tae ;
Forbye mair clink I'm like to hae,
   I dinna ken ;
But extra wark means extra pay
   Wi' honest men.

Fareweel, till that great day in Troon,
That Sabbath morn when first ye soun'
Your deafening tones oot owre the toun,
   An' soun' yer fame ;
Then ither beadles may quat their croon
   For very shame.

THE BONNIE LASS IN YON TOUN.

 HERE bides a lass in yon toun,
  Wi' skin as white as driven snaw ;
There bide's a lass in yon toun,
  That's owre the seas an far awa'.

Her modest look an' winning smile,
  Her blooming cheeks, red roses twa,
Britannia's pride wad even wile
  Frae princely court or lordly ha'.

Wi' her I've spent some merry hours,
  Unseen, unheard, unkent by a' ;
And to my breast I've fondly press'd
  The bonnie lass that's far awa'.

Of a' the maidens I ha'e seen
  In peasant cot, or lordly ha',
Nane were sae han'some trig an' clean
  'S that bonnie lass sae far awa'.

Awa wi' lordly pomp an' taste,
  An' a' the grandeur e'er I saw ;
But gie me her that I lo'e best,
  My ain dear lass sae far awa'.

When leaving her an' hame behind,
  Her tears like rain did quickly fa',
An' sabbin' sair, quo' she, " Keep mind
  O' me, tho' ye be far awa' "

Fu' sweetly then I pried her mou',
  My airm aroun' her neck o' snaw ;
Quo' I, " My dear, my heart's wi' you,
  Ye'll be my care tho' far awa'.

THE VILLAGE BAKER.

OF a' the lads that e'er I saw,
 The gallant, gay, the brisk, the braw,
The blythest ane amang them a'
  Was the Village Baker.

At ony hamely, social spree,
If he was there the mirth was free ;
A blyther ane there couldna be
  Than the Village Baker.

At every kind o' kintra foy,
The lassics were his chiefest joy ;
They ever fand a lively boy
  In the Village Baker.

He lo'ed them a' extraord'nar' weel,
Was 'mang them aye a runtin' chiel,
That whiles we thocht the very de il
  Was the Village Baker.

Wi' them he aye was something thrang,
An' whiles we fear'd he wad gae wrang ;
That passion honour wad owergang
  Wi' the Village Baker.

But faith he aye play'd honour's part
In him was fram'd the honest heart ;
A stranger to decitful art
  Was the Village Baker.

MY BONNIE BAIRN.

Chorus :—

GAB ye weel, my bonnie bairn,
    Yer faither's comin' hame ;
An' prood he'll be, my ain bairn,
    To hear ye lisp his name.

Ay, he will be fain, my bairn,
    To hear ye say " Ta-ta ;"
Oh ! try the word again, my bairn,
    Anither time or twa !
        *Chorus :—*Gab ye weel, &c.

Oh ! that's a bonnie, sweet wee bairn,
    Come let me kiss ye noo,
For every time I kiss ye, bairn,
    I kiss yer faither too !
        *Chorus :—*Gab ye weel, &c.

I see him in yersel', my bairn,
    In thae twa lovely een,
Whaur love an' beauty dwell, my bairn,
    That's in nae ither seen.
        *Chorus :—*Gab ye weel, &c.

An' O, he will be hame, my bairn,
    When comes the month o' May :
An' ye maun lisp his name, my bairn,
    Fu' weel that cheerfu' day.
        *Chorus :—*Gab ye weel, &c.

An' ye maun lo'e him weel, my bairn,
    As weel as he lo'es me ;
An' we'll a' fu' happy feel, my bairn,
    Nane happier than we.
        *Chorus :—*Gab ye weel, &c.

WELCOME MY CRONY.

WELCOME, my crony, I'm happy ye're hame,
    Tho' we canna rant as we've ranted before ;
But married or single, oor hearts are the same,
    Tho' we've been divided a twal'month or more.

Chorus :—

    Then drink oot the cuppy o' friendship an' woe,
        Drink it oot, crony, ere ye let it go ;
    Dinna be shy or answer me no ;
        Ye're welcome to 't, crony, I'm happy yer hame.

I aft hae remarked when daffin my lane,
    Had I but yer comp'ny to join in the sport,
I wad be mair happy again and again,
    For O, in your absence the pleasure was short !

    Chorus :—Then drink oot the cuppy, &c.

Noo that ye're married, nae mair can ye rant,
    Sae wild an' sae frisky wi' me as ye've din ;
But gie me yer friendship, it's a' that I want,
    An' that granted freely can ne'er be a sin.

    Chorus :—Then drink oot the cuppy, &c.

Here's to ye, crony, may happiness be
    Shining forever owre you an' yer dame ;
May discord an' poorteth be strangers to thee,
    An' health, peace an' plenty, aye enter yer hame.

    Chorus :—Then drink oot the cuppy, &c.

FULLARTON HAS LOST HER BLOOM.

———

AULD Fullarton has lost her bloom,
　　Her ance sweet flowers are in decay ;
The birds, amid the dark'ning gloom,
　　Fu' eerie chirps their Wintry lay.
An' eerie I, too, wander here,
　　As wae an' heartless as them a',
To muse on ane that I lo'e dear,
　　My ain true love that's far awa'.

The birdies croon their dolefu' tune,
　　An' seem to ken the fate that's mine ;
The flowers decay'd, fu' bright in June,
　　My sorrow a' wad seem to join.
But thro' the woods I fain wad rove,
　　An' mourn my lane, wi' tearfu' e'e,
Since he who I sae dearly love
　　Is far frae Fullarton an' me.

I SCARCELY NEED TRY TO MAKE YOU ALL CHEERY.

First published in the " Argus and Express," June 18th, 1881.

---

carcely need try to make you all cheery," was written on account of a woman l
refused admittance to the " Haven of Rest " Lodge of Good Templars, because :
thought her character was not pure enough for such an institution, and still n(
dared directly accuse her of a fault big enough to guarantee her exclusion. l
ever, she never was admitted."

I scarcely need try to make you all cheery,
  By giving you ought in a hearty-like strain ;
For pride and conceit has now made me so dreary,
  I can't rouse the muse to be cheerful again.
When I see a poor waif shun'd by pride and its folly,
  And all good intentions rejected with scorn,
It makes me so sad, an' so grim melancholy,
  That often, full often, to sorrow I turn.

Pride, we all know, has made thousands surrender
  To poverty's blight with a heart-broken sigh,
And often has made them too sadly remember
  The unlucky mortals with whom they were shy.
Oh do let's be friendly, an' cautious in thinking,
  Remember our Charter stands open to all
Who wish to be freed from the slav'ry of drinking,
  That leads worth an' merit to an ignoble fall !

Always be ready to welcome the stranger,
  Who from the drink fetters desires to be free ;
Guide him as well as you can from all danger,
  And never let pride sit where duty should be.
The male or the female, oh, do not be scorning,
  Altho' dire misfortune has brought them to shame ;
'Tis your duty, remember, to give them a warning,
  And use ev'ry effort to replenish their name !

OH FOR A BLINK O' THE GHAWS BURN AGAIN.

———

OH for a blink o' the Ghaws burn again,
   An' the bonnie young lassie that's pledged my ain ;
I ne'er wad be dowie, nor waefu' an' sad,
For I'd hae my lassie an' then wad be glad.

Aft by the Ghaws burn we pledged oor vows,
When seated fu' couthie 'mang yon sawny knowes,
Baith row'd in her plaidie fu' cozie an' warm,
Regardless o' either the sunshine or storm.

Her heid on my bosom, fond leaning the while,
Her heart a' my ain, pure, untainted wi' guile ;
My heart in a flutter, discarding base art,
Mair joy than I felt nae powers could impart.

I sigh for the burnie an' days that are gane,
An' the bonnie young lassie sae fondly my ain ;
For O, noo I'm lonely. an' far frae the scene,
Whar aft wi' my dearie fu' happy I've been.

Oh gin I had wings owre the ocean to flee,
I'd sune get a blink o' her bonnie blue e'e,
An' wander ance mair by the burnie again,
Wi' my ain lovely dearie, sae fondly my ain.

THE BANKS O' IRVINE WATER.

STORMY tho' the nicht may b',
   My ain dear lassie I maun see,
Anither stolen kiss to pree
      On the banks o' Irvine water.

Nae care hae I for wind or rain,
I'll blithly gang the road again,
An' fondly press her a' my ain,
      On the banks o' Irvine water.

Yestreen, my airms aroun' her waist,
An' warmly to my bosom press'd,
She whispered sweet, she lo'ed me best,
      On the banks o' Irvine water.

Of a' the maidens I hae seen,
Wi' love-bewitchin' glowin' een,
Nane sae braw as my young queen,
      On the banks o' Irvine water.

Then blaw ye win's, ye wild win's blaw,
I winna bide, but hie awa',
To her that I lo'e best of a',
      On the banks o' Irvine water.

THE AULD FOLK ARE AWA'.

YE needna mind gaun hame the nicht,
  The auld folk are awa',
An' bide ye here till morning licht,
  An' I'll lie next the wa',
        My dear,
  An' I'll lie next the wa'.

Lang's the road ye hae to gae,
  A road weel clad wi' snaw,
Sae bide wi' me, an' don't say nay,
  An' I'll lie next the wa'.

The storm rages wild ootside,
  An' snell the wind does blaw ;
Sae bide wi' me, whate'er betide,
  An' I'll lie next the wa'.

Ye ha'e my haun, ye ha'e my heart,
  In fact, ye ha'e my a' ;
For this a'e nicht we needna part,
  An' I'll lie next the wa'.

Why sud ye be sae laith to wait,
  Or dreid mischanter fa' ;
Content yoursel', an' trust to fate,
  An' I'll lie next the wa'.

What need ye hanker, doot, an' fear,
  For things ye never saw ?
To lodgin's, lad, your welcome here,
  An' I'll lie next the wa'.

Weel, weel, an' ye maun be gane,
  An' face the drift an' snaw,
I'll baur the door, an' lie my lane,
  An' still be next the wa'.

Regardless o' the kind invite,
  An' fearing ill micht fa',
The bashfu' youth he took his flight,
  An' she lay next the wa'.

ON MR. ROBERT SHIELDS GONE TO ENGLAND.

TROON, sab an' greet wi' micht an' main,
 An' let your tears fa' doun like rain ;
In sorrow I maun tell ye plain
   For sic there's need ;
The ae best scribe ye had has gane
   Ayont the Tweed.

Wi' ye he cam' to settle doun,
An' workin' hard to keep ye soun',
When luckless fate cam' slippin roun'
   Wi' thochtless heed,
An' hurled him to anither toon
   Ayont the Tweed.

Weel worth his wecht in gold an' mair
To you an' yours ; ye'll miss him sair,
For wha sae ediently shall care
   For a' your breed ?
For you he did nae labour spare
   That's 'yont the Tweed.

An' when destruction's weapon fell
In water wrath upon yoursel',
Enough to strike your dying knell,
   He raised his heid,
An' for your sake he wrocht pell-mell
   That's 'yont the Tweed.

Half-bred a lawyer he could twine,
Protection's wab aroun' ye fine,
An' baffled ilka base design
   O' traitor breed ;
He was ane o' the heroic nine
   That's yon't the Tweed.

Wi' brain an' paper, ink an' pen,
An' snugly at his fire lug en',
He barr'd the progress o' yon men
   Wad been your deid ;
An' noo, alas, 'tis sad to ken
   He's yont the Tweed.

I kent him fine. His heart was true
As pointed steel, an' couldna broo'
The traitor loons that roun' ye grew :
   Truth was the creed
O' this great man that has withdrew
   Ayont the Tweed.

He was a true an' trusty friend,
On whom ye always could depend ;
Aye played the man, an' widna bend
      To base misdeed,
An' freely did his labour lend
        That's 'yont the Tweed.

May peace an plenty ever reign
Within the cot whaur he has gane,
An' showers o' blessin s pour amain
      Upon his heid ;
For, Oh, a better ne er was taen
        Ayont the Tweed !

My Troon, ye'll miss him sair, I ken,
For O, he was the wale o' men,
An' for your sake did wield the pen
      Wi' rattlin' speed,
Ungrudgingly frae ten to ten
        That's 'yont the Tweed.

In very truth he was your frien',
Nae shilly-shally-go-between,
Like some puir weaklings that we've seen,
      Scarce worth their breid ;
Mair true than he there couldna been
        That's 'yont the Tweed.

O Troon, lament in mournfu' tone,
As tho' that he had gone beyon'
The Antipodes or Torrid Zone,
      'Mang heathen breed,
For much ye owe to him that's gone
        Ayont the Tweed !

When foes arise in girning spite,
An' wad your peace an' comfort blight
Wi' some fause scheme wad tax ye quite
      Beyond remead,
Then ye'll miss him that's ta'en his flight
        Ayont the Tweed.

A' we frail mortals o' a day,
Sma' value put on worth we ha'e,
Till luckless Fate drives it away
      Frae touch indeed—
Like him that's gane, O sad to say,
        Ayont the Tweed !

Thou man o' worth, as true as steel !
Ken thou that ilka honest chiel,
Wi' sympathetic heart that's leal,
      Beats warm indeed,
Toward thee an' thine, an' wish ye weel,
        Ayont the Tweed.

AN ADDRESS TO TEMPERANCE.

———

ALL hail ! thou maid o' freedom, hail ;
 Thou comes to cheer the captives wail,
Held within the accursed pale
   O' drink, thy foe,
A' telling forth the common tale
   O' self-made woe.

All honour to your honoured name,
Thou comes in a' your growing fame,
Health and pleasure to proclaim
   (The joy o' joys)
To every drink-degraded hame
   Sunk low in vice !

Wi' thee is seen nae pompous show,
Like thy great adversary ; No,
Wha comes in pomp but to lay low
   Wi' sma' regard ;
Ruin, Misery, Shame, an' Woe,
   His chief reward.

Great is thy adversary's power,
A blasted character his dower,
An' work thy growing fame to lower ;
   But hae nae dreid,
For he before thee yet shall cower
   An' hing his heid.

Great Alcohol ! that tyrant king,
Who leads sae mony dupes to hing
At the end o' that most dreaded thing,
   The hangman's rape,
Prays that ye there yet may swing
   In felon shape.

But fear na, maid, come boldly forth,
Declare to a' thy noble worth ;
Heavenly aids, e'en frae your birth,
   Hae aye been yours,
An' will be sae till a' the earth
   Applaud thy powers.

Then shall ye aye triumphant reign,
Sovereign queen o'er this domain ;
Great Alcohol shall ne'er again
   Degrade the land,
For certainly he shall be slain
   By Truth's command.

Auld Truth has stood for ages past,
An' thro' eternity shall last,
Tho' a' the fiends o pit sud blast
      Their wrath upon her;
The liquor trade to naught she'll cast
      Wi' black dishonour.

An' then fareweel drink's waefu' shame,
The blight an' curse o' mony a hame;
But thee, O Temp'rance! thy great fame
      Shall never die;
The heavenly hosts thee shall proclaim,
      Beyond the sky!

Nae alcoholic tippler there
Shall ever stain the heavenly fare,
By introducing that fell ware
      Which leads to sin;
Temp'rate a' maun be who dare
      To get within.

We're tauld nae drunkard shall inherit
That higher hame o' Christian spirit;
An' thee, O Temp'rance! aft declare it
      To be the truth:
Preach on, this knowledge dinna spare it,
      To age nor youth.

Let publicans an' tipplers think
Hoo they staun on a per'lous brink,
Who gi'e an' tak' the accursed drink
      Day after day;
Perchance they may be doom'd to sink
      In endless wae!

MY GAY LICHT-HEARTED BAKER.

OF a' the lads that e'er I ken,
　Gi'e me my ain, the wale o' men,
The blythest ane that e'er come ben,
　　　　　My gay licht-hearted baker.

My sister Jen does rail and flite,
An' vow that he's a flirt ootright ;
But let her rail, I winna slight
　　　　　My gay licht-hearted baker.

Nae flirt is he, I brawlie ken,
'Cause he gied me his heart an' han'
Ae wintry nicht at oor hoose en'—
　　　　　My gay licht-hearted baker.

He's aye sae frisky, frank, and free,
Wi' something sweet in ilka ee,
Whilk says he's just the lad for me—
　　　　　My gay licht-hearted baker.

A fig for ye, my sister Jen,
Rampaging mad, baith butt an' ben ;
I bless the hour I cam' to ken
　　　　　My gay licht-hearted baker.

" Ye Powers Celestial !" who protect,
A' worthy lovers frae neglect ;
Come teach me doubly to respect
　　　　　My gay licht-hearted baker.

Mak' him aye your every care,
Whaure'er he be, mid foul or fair,
Let Thy protecting han' be there
　　　　　To guard my ain dear baker.

TO ONE I LOVE.

Occasioned by the Busy Tongue Scandal.

FALSE friends may accuse you with all that is ill,
  And paint you as dismal as hell ;
But, love, O believe me, I've faith in you still,
  As when whispering your love to mysel'.

I dare not believe you would try to deceive
  Such a true-hearted lover as I,
Who almost would given all prospects of heaven
  To save you a sorrowful sigh.

Oh, heaven forbid that I ever should know,
  Or believe such a dastardly lie,
Was told me by one I thought would not say no,
  When honour and truth would say ay !

Nothing but mis ry would come in the end,
  Where deception alone had the will ;
But banish the thought from my maddened brain,
  I hold you are innocent still.

How I long for the hour ; oh heaven but knows !
  When we, met in each other's embrace,
We'll forget all the wrongs of the past, with our foes,
  O heaven, how I weary for this !

They may tell me the tale, ay, and make me believe
  That heaven is only a name ;
But I cannot believe, love, that you would deceive
  Me by playing such a dastardly game.

Oh, God ! were the thought to enter my brain,
  I would die ere my God-given hour !
I ne'er could outlive such a keen, aching pain,
  As my heart would feel under its power.

I've tasted the sweets and the bitters of love,
  Been deceived in my earlier years
By a maiden I loved, who deceitfully roved,
  And left me in heart-aching tears ;

But Oh, when I met you my tears went away,
  My heart went a fluttering your own,
And ever since then I've been cheerful and gay,
  For dear, I love but you alone.

My love for you still is more ardent, I wean,
  Yet untainted by enemies wiles.
As first when you whispered the " Yes " all unseen,
  And lit up my bosom with smiles.

Then come to my bosom, my angelic fair,
  Thou art dear to me yet as my soul ;
My bosom's thy own, where no other can share—
  You reign sovereign queen of the whole.

JOCK'S DYING CHARGE TO BETTY.

A bantam cock and hen on board the Glasgow ship " City of Delhi."

———

COME near me Betty for I fear
　　My alloted time is drawing near,
When I my pilgrimage maun steer
　　　　　　　Daith's gloomy gate,
An' lea' thee, Bet, a widow here,
　　　　　To mourn my fate.

There's some disease I canna name
Has seized upon my sturdy frame,
An' grups me somewhaur 'boot the wame,
　　　　　An' lines my bill,
Wi' froth or something o' that same,
　　　　　Whilk pains me ill.

But O, my Betty, dinna mourn !
When frae thy bosom I am torn,
Nor think that ye'll be left forlorn
　　　　　To beg your breid ;
Ye needna fear, ye'll aye hae corn
　　　　　In time o' need.

Ne'er think the Steward will e'er forget,
Or e'en the Skipper's kindness set
To cheer my lonely widow yet,
　　　　　Sae young an' braw ;
They'll be thy comfort, bonnie Bet,
　　　　　When I'm awa'.

Wi' them ye'll aye get hamely fare,
Sae lang's they hae a bite tae spare ;
Their hin'maist bite wi' ye they'll share,
　　　　　An' grant it free,
An' mak' ye aye their constant care
　　　　　For sake o' me.

But Betty (O it grieves my heart
To think hoo soon we baith maun pairt),
I'd counsel thee, be on the alert,
　　　　　Nor think it chaff,
Ne'er look wi' love's celestial art
　　　　　On that wee Taff*

———

* Another bantam cock and enemy of the departed.

Were you to clink yoursel' wi' Taff,
The neighbours roun' wad only laugh,
An' constantly wad gi'e ye chaff
          Boot sic a whim ;
An' reckon that ye'd been ill aff
          To wed wi' him.

Sud he or ithers crave ye're haun,
For sake o' me majestic staun,
An' hurl them back frae aff the lawn,
          Clean heids owre heel.
Discard them—O my Bet, I'm gaun,
          Fareweel, fareweel.

Jock spak' nae mair, the die was cast,
His pilgrimmage on earth was past ;
His counsel gi'en, he breathed his last,
          Frae care set free ;
An' Betty, speechless, stood aghast,
          Wi' sick'ning e'e.

THE AULD KIRK'S WELCOME TO THE NEW BEADLE.

PRESERVE me, John ! an' is 't yoursel'
That is deputed to ring my bell ?
Right welcome, lad, I wish thee well
Wi' a' my heart ;
We'll baith hae mony a tale to tell
Afore we part.

Noo, John, remember, in this place
Ye will hae bickerin's whiles tae face ;
But ever meet them wi' a grace
Becomes a man ;
An' shun the favour-huntin' race
As best ye can.

The clish-clash bodies that we ken
Will aye be clashing butt an' ben,
But Truth and Justice fear nae men
Nor woman kin' ;
Play truth an justice to the en',
An ye'll dae fine.

When ye mount the pulpit stair,
Be canny, cautious, an' beware ;
Lay doon the Bible wi' a care,
Lest ye offend
Some ill-speakin' tattler here
That's no' your friend.

Like ither kirks, we've creepin' folk,
Aye clingin' tae a pastor s cloak ;
Lick spittals a' enough tae shock
Ane oot o' grace ;
Sae wait your time, an' thou tak' stock,
Ye'll twig the race.

Some folk to please a pastor would
Cling to auld Nick an' flee the good,
An' trump up stories by the rood
Gin it would please ;
Sae, John, beware, lest ye be food
For toads like these.

Be honest, keep your conscience clean,
An' never play the go-between ;
Tak' thou a staun', an' aye maintain
What ye believe,
Nor clock yoursel' the truth to screen,
An' to deceive.

What, tho' ye hear some idle tales
'Booot ye frae whaur auld Nick prevails,
Ne'er fash your thoom, deception fails,
    An' truth alone
In time shall steer ye o' sic gales
    Gin ye haud on.

If pester'd sair by wives an' men,
Just clink ye at the fire-lug en',
Wi' ink an' paper, brains an' pen,
    An' chairge your foes
Baith richt an' left, as best ye ken,
    In ryhme or prose.

THE STRANGER.

Dedicated to the Directors and Members of Troon Unionist Club.

HE is a stranger, bring him ben,
  Right welcome tae oor ain fire-en',
Gie him the best, the chiefest seat,
An' mak' his comfort maist complete ;
Ne'er let it gang abroad that here
The stranger ne'er gets welcome cheer :
Ne'er let it gang abroad that we,
Tae such, a welcome canna gie.
Treat him on substantial fare,
Sae far as ye've got that to spare,
An' gin ye can support him weel,
Be warm an' kindly tae the chiel ;
An' if it is within your power,
E'en though ye coup some kent anes owre,
Dae what ye can ; gie him a post,
Nae maiter what the action cost.
Aye dae your best for stranger folks,
Though kent anes smash upon the rocks.
The stranger we maun ever claim,
In pref'rence tae kent anes at hame :
The stranger we maun aye respect,
E'en though betimes we should neglect
Kent folks at hame, wha for the cause
Focht hard an' won oor fond applause.
Aye, deed, there's ane, we ken him weel,
A ready workin' kind o' chiel,
An' wi' a heart as true as steel,
            Warm tae oor cause ;
Amang oor core there's nane mair leal
            Won oor applause.

Aft has he stood 'mid shot and shell,
An' branishin' his weight pell-mell,
In utterin' a' he had tae tell
            Tae aid oor cause ;
'Twas then we praised an' roused him wel
            Wi' oor applause.

Nae shilly-shally go-between,
Forgettin' what he vowed yestreen ;
Nor wrang the just for sake o' spleen—
            He loved oor cause,
We a' then hailed him as a frien'
            Wi' oor applause.

Gane is the great applause that we,
Back in the past were prone tae gie
Tae ane that lent his labours free
   Tae aid oor cause ;
I trust we hae'na spoiled the brie
   Wi' oor applause.

A native born an' bred in Trin,
Tho' that should scarcely be a sin,
Compared wi' past wark he has dune
   Tae help oor cause ;
We ta'en the unken'd stranger in
   For oor applause.

For want o' thocht or edient care
We may ha'e wrang'd him less or mair,
If we his labours past compare,
   Dune for the cause !
We spurned the kent, the stranger's there,
   Wi' oor applause.

What's dune, what's dune, we needna mourn,
E'en tho' we hae a kind o' scorn
For characters that be Trin born,
   Nae odds the cause.
Frae such oor sympathies are torn
   Wi' oor applause.

We ken this stranger-loving creed
Shall spread oor actions far abreid ;
We'll get strange voters when we need
   Them for oor cause.
Strange canvassers shall come wi' speed
   For oor applause.

Then hip-hurrah for what we've dune !
Rejecting a' that be o' Trin,
An' brocht the unken'd stranger in
   Tae aid oor cause ;
Frae stranger folks we'll ever win
   Their fond applause.

LINES TO "SAVANT."

I'VE read ye, "Savant," an' I carena a flee,
 Though ye ca' me a cooardly auld bore ;
I ken mysel' best, an' I'll just bide my time—
 I am Unionist still to the core.

When directors an' ithers are needin' my aid
 In support of the glorious cause,
They'll just let me ken to come forrit, an' then
 I may share in their rounds o' applause.

I bear them nae malice, spite, or ill-will,
 I esteem them a' just as before ;
If principle led them to that which was done,
 They are Unionists true to the core.

Then up wi' the Unionist colours, say I,
 My bosom still warms to the cause ;
Nae malice I bear to ought o' mankind,
 An' justice shall sound the applause.

Twa gentlemen hinted to me in the past
 My chances were sma' to the hall,
As the actions I took in the Burgh an' Bill
 Were certain to work oot my fall.

Wi' sic knowledge I felt it was hurtsome to speak,
 An' principle led me to tell,
They've nae claim on heaven wad scorn to gie
 That freedom they crave for themsel'.

If God in His mercy nae mercy shall gie
 Opposers to Bill an' Burg cause,
Sma' comfort an' solace they'll get when they dee,
 Save Beelzebub's firey applause.

Much hae I suffer'd for work I hae dune,
 Which God an' my conscience declare,
Truth an' justice alone were the goals in my view,
 My actions straightforward an' fair.

In ilka bit skirmish I've focht in the past,
 'Twas principle ruled in the fight—
I'd scorn to injure my chances wi' God
 By warrin' wi' ithers for spite.

Tho' cut a wee sair at the coorse o' events,
 It wisna that deep as draw bluid ;
An' there's a divinity shapeth oor ends—
 Whit's dune may be dune for the gude.

But I ken that if mony a post in the toun
  Had been gi'en tae the stranger away,
A bit o' fine grumbling there wad been in Troon,
  Declaring a want o' fairplay.

Noo, " Savant," say your will, I carna a flee,
  I'm Unionist still to the core ; .
Nae malice I bear tae aught o' mankind,
  I winna such wickedness store.

Away with all tyrants vindictive an' cruel
  Would cripple a fellow for spite ;
'Tis only the coward would harbour such wrath,
  Afraid of his work in the light.

Fu' weel I hae focht. Perhaps I hae erred
  In showing too much of my hand ;
But I never could harbour the heart o' deceit
  Where justice an' truth would command.

Too guid for this warl' is he that can move,
  An' ne'er a ane say he does wrang ;
Varied opinions bring 'oo' to the mill,
  An' the Poet a theme for his sang.

EPISTLES.

TROON DRINKING FOUNTAIN.

TO JAMES DICKIE, ESQ.

First published in the " Irvine Herald," July 17th, 1891.

SIR,

GIN ye wad listen to a chiel
   Wha tries Parnassus mount to spiel,
Whase muse betimes get in a creel
      An' dazed awee,
I'd sing ae sang clean aff the reel,
      An' just to ye.

Imbued a little wi' some pride,
I hae sma' fauts I try to hide,
Yet strange to say, they winna bide
      Behind the scene ;
There's something inward gars them slide
      'Fore gossips' een.

Ye, too, may hae sma' fauts yersell,
An' fauts that may become ye well,
But what although, we needna tell
      The gapin' crowd
O' gossipers wha like to dwell
      Aneath their shroud.

I've come this day to sing your praise,
An' set your kindness a' ablaze
Before the ever loyal gaze
      O' loyal Troon,
Wha wish ye mony happy days
      For sic a boon.

Let Troon assemble in her might,
An' brilliantly come full in sight,
An' show hoo weel she can requite
      Wi' a' due honour,
Ane o' her sons, the worthy wight,
      An' gracious donor.

F

Since first ye kent that Troon was Troon,
It seems your heart ne'er got aboon
The fact it was your native toon.
   Gang whaur ye wad ;
An' lang may that heart aye be soun'
   For what ye've did.

A fountain ! conscience, what a treat,
Presented to us maist complete ;
Fit gift for Troon folk aye to greet,
   An' ca't sublime ;
Ance again, come, let me see't,
   To rax my rhyme.

A purely brilliant sicht to see,
The granite dazzling to the e'e,
An' ilka thing presented free,
   An' by yoursel' ;
Right doubly prood we a' sud be,
   An' laud ye well.

An' so we will, ye needna fear ;
Thy mem'ry, sir, we'll lang revere,
For plantin' sic' a fountain here,
   An' free to a'
To slake their drooth when they appear
   At nature's ca'

I'm free to swear, sir, by my lays,
That Troon shall bless ye a' her days,
An' ever laud ye in her praise
   Thro' thick an' thin,
An' stranger folks, that come oor ways,
   Shall soon't again.

The wretched, spite, vindictive cur,
Wha this gay day wad scarce bestir
Himsel' to join or aid the bur
   An scene sae grand,
Let acts o' his but meet wi' slur
   Throughout the land.

A' spitefu' an' disloyal folk,
Wi' double talk wad gar ane bock,
Wha wad the grand proceedin's choke,
   An' just for spleen,
Fate banish off to Ailsa rock,
   Far frae the scene.

The selfish, grovellin', muddy crew,
Wha wadna rise to honour you,
Wi' ither loyal folks just noo,
   For sic a gift,
May they, ilk drink they tak', aye spue,
   An' ne'er ken thrift.

An' here am I, sir, deil-ma-care,
Wi' haun uplifted in the air,
Do solemnly vow an' declare,
      They arena Troon,
Wha wadna roose ye lood an' fair
      For sic a boon.

I'll quat my sang, an' to be plain,
I trust ye dinna think me vain,
For writin' ye in sic a strain,
      While I declare
I lord my will, that's aye my ain,
      'Mid foul or fair.

I maistly reason wi' mysel',
An' that which reason bids me tell,
I try to regulate it well,
      Come weel, come woe ;
So there's my sang, sir, as it fell,
      Tho 't mak's a foe.

FALMOUTH, March 1st, 1879,
Ship " City of Delhi. '

To MR. JAMES JOHNSTON.

A E'ER think, my frien', that I hae been
    Forgetful o' the pledge
We made langsyne, owre draps o' wine,
    When drink was a' the rage.
We aften swore by Jove, an more,
    When sober an when drunk,
That love wad be 'tween you an' me,
    Till either got defunct.

An' I wad write by day or night,
    Nae maiter. whaur I be,
Twa lines to you, be drunk or fou,
    Or ae drap in my e e.
I winna let that frien'ship set,
    We've kept for sic a time ;
But ever will regard ye still,
    Wi' love, or prose, or rhyme.

Sae haud ye here, my worthy fier,
    On the edge o' sleepin' time;
I'll screed ye aff, be't sense or chaff,
    A verse or twa in rhyme.
In 'Frisco. I was something shy,
    To write to but my ain,
As things were gaun owre hip an' haun',
    Wi' wrath, baith butt and ben.

But, Jamie, lad, don't think me bad,
    Or that ye were forgot ;
Tho' faur awa, your form I saw,
    An' saw't withoot a blot.
My love ye hae, come nicht or day,
    Till death winds up the scene,
An' then, my chiel, a lang fareweel
    To you an' ilka frien',
Till ance we meet, I hope complete,
    In glorious garb o' heaven,
A' ferried o'er bright Jordan's shore,
    Wi' ilka faut forgiven.

But God forbid, we ever sud
    Be sent the broader path,
To quell and quake in burning lake
    By Heaven's avenging wrath.
But we, tho' dust, I hope and trust,
    Will shun that fatal road,
An' come to see that we sud be
    Bright ornaments to God.
For O, what state ! what wretched fate,
    Will be that awfu' doom,

If we sud hae nae ither stay
　Than hell beyond the tomb.

Your wife, I hope, your earthly prop,
　Is weel an' thriving too ;
Lang may she reign your sovereign queen,
　A priceless gem to you.
May discontent ne'er represent
　The evil gods o' sin,
But roun' your hearth be love an' mirth,
　An' mair still coming in.
Wee Mary, too, th' image o' you,
　May health an' fortune smile
Fu' sweet upon her, clad wi' honour,
　A brilliant light the while ;
An' she be spared till she has reared
　The title o' grandame,
An' never know the pangs o' woe,
　Nor feel the blush o' ,hame :
Nor ever feel the bitter smart
O' a jilted lover's aching heart,
　As I ance felt mysel' ;
But ever smile in joy the while
　Triumphantly an' well.
May love an' joy, withoot annoy,
　Be constantly her state,
An' never meet wi' black deceit,
　Nor a ruined maiden's fate.
The dastard lover, under cover,
　That wad lead her astray,
May he be cast afore the blast
　To remorse an' shame a prey.
But let come forth the man o' worth,
　Wi' honour, love, an' truth,
Her marriage claim the honest name
　O' a sin detesting youth.

In Falmouth, noo, baith ship an' crew,
　Hae landed, half content,
An' mang the horde wait for the word
　As whaur we shall be sent.
Some early day, a week or sae,
　I hope to be in Troon ;
If a' gaes well, I'm free to tell,
　I'll grace your kitchen soon.
Sae till we meet in Portland Strcet,
　Or Ayr Street much the same,
I'll end my rhyme, wi thochts sublime,
　Towards you an' your hame.
My sleepy muse, she does refuse
　To write ye ony mair ;
An' wants to bed, to ease her head,
　She feels it something sair.

　　　　　　　　　　YOUR CRONY.

TO THE REV. ROBERT SMITH.

REVEREND Sir,—Enclosed find
 The siftings of thy gifted mind,
Which thou so freely lent to me
That others too might read and see—
That others unprepared to come
May read those gospel truths at home,
And reading thus, each truth might show
More clear that state of endless woe,
Where wrath and sin and shame combin'd
Join with the lost—the unrefined ;
And seeing thus, who knows, some may
Be led to Christ, to watch and pray,
To wait the coming of the Lord
As promised in His precious word ;
And when the reaping time comes round,
The seed thus sown may well abound,
And thy own eternal glory crown'd,
Then come reward, with zeal most fervent,
" Well done good and faithful servant."
Oh, reverend Sir ! if honest toil,
Poor, yes, and independent still,
The conscience travelling with the will,
Dare to confront you with a smile,
Or look on that most genial face,
The picture of real Christian grace,
Accept the thanks of one who can
Esteem the kindness of *the man*
Who played the generous part to me—
That generous part was played by thee.
Man ! There's virtue in the very claim,
Ay, something grand in such a name,
The greatest tribute we can give,
The noblest gift we can receive.
Man was formed, no cumb'rous load,
The perfect image of his God,
And he who dares disgrace the name,
By words or deeds, foregoes the claim.
Dear Sir, in closing up this ryhme,
Which I well know is not sublime,
Accept my humble thanks again,
For favours done, while I remain,
    Yours ever truly,

       JOHN LAING.

THE MARRIAGE REJOICINGS AT TROON.

To the Editor of the "Irvine Herald."

MAISTER EDITUR,—Tuesday, the 'leventh o' June,
Wis a day that will lang be remembered in Troon,
For the Duke an' the Duchess o' Portlan', ye see,
Were made ane wha in time may turn oot to be three ;
An' the villagers o' Troon, frae mansion to nook,
Turned oot to dae honour tae her an' the Duke ;
For, sir, he's esteemed by high an' low here,
The cause o' the merriment, bustle an' steer.
Mirth an' excitement prevailed butt an' ben
Wi' the crowds that were gathered that day at Craigen',
Whaur feastin' an' drinkin', an' rantin' an' fun,
Were kept up unabated that day on the grun'.
Auld an' young ranted fu' cheerfu' an' gay,
Like licht-hearted striplin's oot for a day's play.
My conscience ! dear sir, if the Duke only kent
Hoo we lo'e him in Troon, he wad often present
Himsel' wi' his Duchess, an' leive here a while,
An' bask in true loyalty 'neath ilk ither's smile,
For nane can be gotten mair loyal than in Troon
To the twa, an' they search the whole kingdom a' roun'.

An' oh, sir, an ox, too, was roasted entire,
Birsled an' baked afore a big fire,
An' cut down in pieces an' gi'en to the folk,
To the puir folk 'twas reckon'd, but, sir, 'twas a joke ;
For the gentry gaed forrit an' clang to the best,
Tho' be 't said to their credit, the puir got the rest.
There were bushles an' dolmans, an ulsters an' a',
Gum flooers an' ribbons, an' feathers fu' braw,
A' clamerin' for beef in a style ye ne'er saw ;
An' the puir folk, ye see, were mair bashfu' an' shy,
An' thocht shame to gae forrit till the gentry were by.

A poet was there. an' e'ed the gang weel,
Quo' he to himsel', " A fit theme for my kiel,
An' sud the muse fail in the work I propose,
I'll clink the beef-eaters in common dull prose."

When gentry an' would-be's the best o't had got,
Wha likit could gang for the rest o' the stot ;
The heid, feet, an' haricles, ay, an' the banes,
The lichts an' the livers an' ither remains.
Sic dividin' an' carvin' was wond'rous indeed,
An' Rab, lucky fellow, fell heir to the heid,
An' shouthered it hame, whaur he carefully stor'd
It to nourish himsel' an' plenish his board.

'Deed, sir, on my aith, I'm free to declare,
There were families that day got sufficient to sair

Their pantries an' boards for aicht days or mair,
Wha wad itherwise scorn to be class'd wi' the puir.
'Tis a mortal strange thing when a morsel's gaun free,
The big fish devour up the wheck o' the wee :
It has aye been the case, let us gang whaur we will,
The big fish comes in for the gluttonous fill.
The lang an' the short o't, the bullock or stot,
Went clean oot o' sicht, nae matter wha got.
An' I'm thinking the next ane that comes to the fire,
The gentry an' would-be's shall be a wee shier,
An' ithers, mair needfu', will then hae a sight
To gang forrit mair bold, an' fa' heir to a bite.

Sae much for the beef, let us speak o' the rest
O' the wond'rous oncarries, an' hoo Troon was drest
Wi' mottoes an' flags, an' lanterns an' a',
A' viein' wi' ilk ither to honour the twa
Wha were that day united for weal or for woe—
Tho' we pray that fell sorrow may lang keep awa'
Frae the bosom o' ither, an' lang be their life,
The husband content wi' an affectionate wife.
There was eatin' an' drinkin', meat, brandy, an' wine,
An' a' things that Luxury wad reckon divine ;
But o' the great feast I'll be pointed an' brief,
As to some it wis joy, an' to ithers jist grief.
There were fav'rites an' ithers ta'en into the fauld,
While fenars an' tenants were left in the cauld.
The Scriptural text was fulfilled to the heft,
The ane wis taken, an' the ither wis left.

Wi' sillar ye've sense, an' withoot it ye ve nane,
To creish the fat soo, and the lean ane disdain ;
Or flatter the great, tho' yer heart it be fause,
In playin' the double to merit applause :
Throw the puir to the win', be they angelic pure,
An' the would-be wiseacres o' wealth aye secure.
In this won'erfu' century o' wisdom an' lear
Such, sir, is the creed o' some folks aboot here.
But, sir, to the dinner o' dainties divine,
The gorges o' meat, brandy, whisky, an' wine,
Broth, soup, an' tatties, an' gravey an' fat—
But I think I'll conclude an' say little o' that,
As Kilmarnock cam' in for th- best o' the fare,
By walkin' awa' wi' the lion's great share,
An' puir ootcast Troon got nocht to provide,
But the true love she bore to bridegroom an' bride ;
An' still she wis loyal, as she ever has been,
In honouring ane that has aye been her frien'.
An' her prayer still this day is the Duke an' Duchess,
May they bask in great joy, an' know not distress ;
An' may he ne'er tire o' the maid he has ta'en
Frae the hame o' her faithers to adorn his ain,
An' the love that first budded and bloom'd in the past
Wi' the twa aye remain pure an' sweet to the last.

EPISTLE TO ROBERT SHIELDS, ESQ.

———

DEAR SIR,

I GAT your letter, an' by jing
   O' scribes an' writers thou are king,
The pickwick pen ye deftly swing
      Wi' eident haun',
That I beside ye am nae thing
      Scarce fit to staun.

An' fain am I to be your debtor,
For gettin' sic a brilliant letter,
Which mair an' mair does fairly fetter
      Me to yoursel',
An' mak's me prize ye doubly better,
      An' love ye well.

Ye speak sae kindly an' sae free
In your wise coonsels unto me ;
Ye almost hint I'm like to d'e
      Afore my time,
Unless I let stump speechin' be,
      Or quat the ryhme.

'Deed, sir, an' to be plain wi' you,
Admittin' a' ye say be true,
Wi' stress I'm sometimes gae far thro',
      An' pressed wi' care,
But something inward says " pursue,
      An' dinna spare.

Whatever fauts I may inherit,
I openly am free to swear it,
Within me rules nae selfish spirit
      Wad gar me flee—
A neighbour's load, if I can bear it,
      Be't big or wee.

It is my nature an' desire,
Tho' whiles my brain be hauf on fire,
To play a pairt in nature's choir,
      An' lend a haun
To raise a fellow-creature higher,
      Wha plays the man.

But rogues an' knaves, by jing, wha try
To lead puir workin' folk awry,
Just let me ken, an' there am I
      Game to oppose,
An' their fause public deeds descry,
      An' tricks disclose.

An', sir, ye ken as weel's mysel',
Aye, just as weel as I can tell,
That popularity has fell
      Wi' some we ken ;
Their double dealings birl d their knell
      As faithless men.

Thae men wha play a double part,
At war wi conscience, an' wi' heart,
A righteous Judge on the alert,
      Plans a' things weel,
An' for't in time He maks them smart
      In sorrow's creel.

Then let us ever do oor best,
An play oor part wi manly zest ;
A fig for comfort an' for rest
      Whaur duty leads ;
The day may come when we'll be blest
      For worthy deeds.

Come weal, come woe, be't richt or wrang,
To stump a speech, or croon a sang,
For fools to scoff at an' harangue,
      An' ca' me mad,
That something still says, " Forward gang,
      Gainst a' that s bad."

So, Sir, ye see I maun pursue it,
E'en tho' my health should suffer thro' it,
An' cuifs misca' me 'cause I do it,
      An' aft declare,
They'll rise en masse an' mak' me rue it,
      Lest I tak' care.

But let them come in a' their might,
An' lay on me their greatest weight,
I'm here prepared to meet their skyte,
      An' let them ken,
That fortune ever guides the right
      'Gainst a' bad men.

An' 'deed, while I hae braith to draw,
An' reason aye within my ca',
The sword o truth I ll ne er let fa',
      But wield it still
'Gainst wicked men an' measures a'
      That threaten ill.

An' for yon sage advice ye sent,
Which, weel I ken, was kindly meant,
In a' due honour I present
      My thanks to you ;
But oh, Sir, I'd be discontent
      Wi' nocht to do.

When I hae nocht upon the wing,
Such as a rhyme or sang to sing,
Or ither topics lively swing
        On public matters,
I'm just a sullen, pensive thing,
        Like gaun to tatters.

When toil-worn slave wrocht bakers would
Improve themsel's as bakers should,
Then prone am I to do what good
        'S within my reach,
An' at their ca', be 't understood,
        Wi' pen or speech.

An' tyrant masters, Guid forgi'e them,
An' get auld Clootie soon tae lea' them,
For, oh, I wadna like to see them
        Much further fa',
For Clootie or his imps tae flay them
        Wi' brimstane paw.

The hard wrocht baker an' his trade,
By lucre-lovin' mortals made,
Sink almost to the lowest grade
        That could be found,
Is noo began tae lift his heid
        Above the ground.

An' fain am I to see it too,
For, oh, my heart warms to the crew,
An' ought for them that I can do
        I fondly will,
Till nobs be men, an men be true,
        Mair worthy still.

For lang they were in sair distress,
Nor couldna mak' their troubles less,
Till since the Union, O God bless
        That glorious cause,
Cam' to their aid, some years ere this
        Mid grand huzzas.

An' if there be a blockheid born,
Wha wad the honest baker spurn,
Or try to crush him nicht an' morn
        For greed o' gain,
May Fortune shun him ilka turn
        Throughoot his reign.

Sae in conclusion, faut or roose me,
But your wise coonsel don't refuse me,
For better, sir, I couldna choose me,
        Than that ye gie,
An' I, till ance by daith ye loose me,
        Am yours for aye.

EPISTLE TO CAPT. WILLIAM SCOTT, TROON.

RESPECTED sir, wi' thanks I do
　　Return the bookie back to you ;
Right faithfully I've read it thro',
　　　　Maist line by line :
To me I own 'twas something new,
　　　　An' pleased me fine.

To read the rhymers o' langsyne,
When spunkies, wraiths, an' elfs did shine,
An' superstition did entwine
　　　　Them neck an' foot ;
To me 'twas almaist just divine,
　　　　Ye scarce need doot.

Gude save us noo, if aught sud come
By door or window, or by lum,
Resemblin' that o' " Aiken Drum,"
　　　　An' what has been,
Wi' dreid I fear we'd a sing dumb,
　　　　An' steek oor een.

Ay steek oor een perhaps in daith,
Laid prostrate just for want o' braith,
At sicht o' spunkie, elf, or wraith,
　　　　Like " Aiken Drum,"
An' to oor hearths we wad be laith
　　　　To bid him come.

Let's bless oor stars they've ta'en their flicht
By force o' gospel, truth, an' licht,
Nae mair tae gie puir sauls a fricht
　　　　When darkness come ;
Or terrorise them wi' the sicht
　　　　O' " Aiken Drum."

But sir, sin' I maun let you know,
Langsyne when I was forced to go
By Crosby Kirk to meet my Joe,
　　　　When it was dark,
I feared that spunkies wad bestow
　　　　On me their mark.

An' comin' hame, the truth to tell,
An' fast upon the hour o' twal,
Nae mortal seen but just mysel',
　　　　I shook wi' fear,
Lest ghaist or aught wad skirl an' yell,
　　　　An' cause a steer.

Had " Aiken Drum " been leivin then,
An' gaun amang the haunts o' men,
Auld Crosby Kirk, or that gate en',
   I hae nae doot,
Wad been a place for him to fen,
   An' roam aboot.

'Deed Sir, I've aften heard it tell,
By folk much aulder than mysel',
There ghaists an' spunkies used to dwell
   In days gane bye,
An' aften they've been heard to yell,
   An' groan an' sigh.

Even yet some folk wi' serious face
Believe things are aboot the place,
Sprung off the ghaist or spunkie race,
   Made Leggate rin,
An' lea' his crony in the chase,
   Lang ways behin'.

But you an' I, sic nonsense noo
Dare scarcely think can e'er be true,
Tho' Leggate swore by a' 'twas blue
   He something heard,
That nicht as he like Jehu flew
   Swift as a bird.

Dear Sir, if I dare be as brave,
As e'er again your bookie crave,
To read some ballad, blythe or grave,
   Gin ye consent,
To let me have it, by your leave,
   I'm yours content

EPISTLE TO MR. ROBERT SHIELDS.

The author's apology for the production of a previous article.

MY worthy frien' an', water crony,
  As fondly dear to me as ony,
I beg ye'll pardon an' excuse
The liberties that my puir muse
Ha'e taken in her idle time
To screed ye aff a scrawl in rhyme.
Whene'er she kent that ye were gaun
Tae domicile on English laun',
She hung her heid in sair distress,
The picture o' true wretchedness,
An' whirling mad-like thro' my brain,
Struck aff in a poetic strain ;
So, sir, if I ha e erred in this,
Pardon me, and faut the miss,
That mony a time before has driven
Me sae that I'd be scarce forgiven,
By rousing me to lift my pen
On dupes an' cauld chill-hearted men,
An', sir, ye are nae waur than these,
But ten times better, if you please,
For ye hae filled great Nature's plan
In ever holding forth the man ;
An' sae she couldna weel neglect
A man sae worthy o' respect ;
An' if she's err'd 'tis only thro'
The great regard she had for you,
An' a' the wond rous work ye've dune
For her beloved, native Trin.
Like you, 'tis scarcely possible
To get a man lord o' his will ;
For here in Trin, sin' I maun tell,
There are few hereoes like yoursel'.
Breid an' butter, cake an' wine,
Lords over maistly ilk anes min',
An' guides them often to the wrang,
Whaur truth an' justice winna gang.
We hae some factors, lairds, an earls,
An' ither weak-kneed kind o' carls,
Wha just the puir wark folk oppress,
Nor try to mak their burden s less ;
An' were the lot put into ane,
They scarce wad mak' ae sterling man.
So little wonder, sir, that I .
Induced the muse to gang awry,

If sae she has, tho' by my sang,
I canna see whaur she's gane wrang ;
An' ye can flite, rampage, or swear,
Your humble servant, I, don't care.
I've wrote the truth, as I believe,
An' truth was ne'er kent to deceive ;
An' gin a' wad the truth maintain,
We'd hae sma' cause here to complain,
For ilk ane then wad own the ither,
Nae mair nor less then just a brither.
If a' men roun' were like yoursel',
Sma' grievances wad be to tell.
Men like you we scarcely fin',
Especially in a place like Trin ;
Sae mony first look to their breid
Ere they begin to fash their heid,
Or grasp wi' evil like to kill
Puir folk by the big folks' will ;
But as it is, I'm wae to say,
Some folk gang desp'rate far astray,
An' wi' the big man prone to gang,
Be't fear or favour, richt or wrang,
An' for the puir folk little care
If they just get the wealthy square ;
An' even at their nod or beck,
Wad choke the puir folk by the neck,
An' trample on them as wi' ease,
If 'twad some wealthy tyrant please.
Gi'e blockheids sillar, an' ye'll see
Ither blockheids prone to gi'e
Them power an' favour, daub them wise,
An' land them far beyond the skies,
An' vow they love them, but, ochone !
The cash is a' their love rest on.
A fig for sillar an' its pride !
Gi'e me my poortith clad fireside,
My wife an' weans, for there I find
Far mair enjoyment to my mind,
Than hamper'd wi' wealth an' its care,
The shams an' pomps it has to bear.
I've neither cash nor power to make
Me god or Godless for their sake,
But just a common son o' toil,
An' independent still the while.
My will's my ain, thank God for that—
I scorn the worshippers o' fat,
Sae nae weak things need roun' me fawn,
Or cur-like come an' lick my haun' ;
But haud me here, I'm aff my clue,
An' wand'ring far awa' frae you—
You that has dune sae much to win
Love an' respect frae a' in Trin.

An' should she e'er forget to show it,
Ye'll be remember'd by her poet.
So, sir, ye see 'twas nae surprise,
That my puir muse sud even rise,
To ryhme an' write, be't richt or wrang,
On ane sae worthy o' a sang.
The nobler pairt o' Trin declare
Ye're weel worth that an' something mair,
For by your ink, your pen, an' brain,
Ye helped her to haud her ain.
Noo in conclusion, worthy sir,
Accept a simple Poet's prayer—
When ye gang south ayont the Tweed,
May providence keep ye in breid,
An' peace an' plenty constant come
To you an' yours within your home,
Wi' hearty pleasure, strength, an' health,
An' wi' a' these, a fig for wealth.
Ae favour, sir, till comes the end,
Allow me to remain your friend.

BAKERS' AGITATION.

To the Editor of the " Irvine Herald."

———

DEAR SIR,—It has aye been my pleasure to tell
    When bad things were evil, and guid things were well,
An' sae I wad kindly just mention to you,
That on bakers' affairs ye haud a wrang view.
Your leader last Friday, I'm sorry to say,
Was such as wad lead ought but bakers astray ;
Ye wad faut the puir men for the action they took
In trying to bring a harsh maister tae book—
In trying to bring him to justice an' truth,
An' just what he focht for himsel' in his youth ;
An' to nae man he'd toil past the hours of a day,
Withoot an equivilent in some extra pay.
In Ardrossan an' Glasgow, as many can tell,
As a man he was Union, an' played his part well,
An' fifty-five hours in a week he wad say,
Was quite long enough for a baker's sma' pay.
He stood for his fellows as man only can,
But of course, as we ken, he was then but a man ;
But O, what a change has come ower him since then,
An' left him sma' pity for hardships o' men.
Noo as cork he wad rather his men wouldna speak,
But grinning and bearing, toil nine days a week,
Nor ask extra pay for the extra few days,
But submit to his dictum like ither bound slaves.
Gin this be fairplay, I confess I don't ken
When hardships are crowded on my fellowmen :
Be't fairplay or fause play, alloo me to tell,
'Tis mair than, I reckon, ye'd care for yoursel',
Let us hail them as men, tho' bakers they be,
An' free-born subjects desire to be free,
Nor compare them wi' blacklegs an' nobs that we ken,
Mean enough to be onything ither than men.
Oor bakers are human, then treat them as so,
An' not as the tyrants alone only know,
Wha scorn to follow that sweet golden rule,
" Love your neighbours " as taught in church an' in school.
I hold that oor bakers did rightly to rise,
An' kick at a system a' true men despise.
God bless them, say I, in the action they've taen,
An' ever thro' life may they constant remain,
By the spirit that they hae at this time displayed,
Till nobs and nob masters are oot o' the trade.
Then Unionist bakers, like ithers we know,
Wad seldom ha'e cause to contend wi' a foe,

An' better respect wad be shown to the trade,
Which nobs and nob maisters dae much to degrade.
Sir, nobs an' nob maisters are truly a pest
To the trade in auld Scotland—a drag to the rest
O' those wha hae courage enough to progress
Frae slavedom till freedom, that hardships be less.
Oh, sir, could ye follow the baker a week,
I think ye wad own 'twas just measures they seek,
An' nae mair than you in their station wad crave,
Disdaining to rest 'neath the brand o' a slave.
Noo, sir, I'll conclude, an' wind up my harangue,
Lest nobs and nob maisters declare it nae sang.

COUNTY COUNCIL ELECTION, DECEMBER, 1892.

EPISTLE TO ROBERT SHIELDS, ESQ.

A LINE, my frien', to let ye ken,
   That we hae wailed the best o' men
      Ance mair to represent us ;
Nane o' your mim-moo'd, sleekit kind,
That hereawa' we easily find ;
      But ach, they just torment us.

Oor ain true Wyllie, ance again,
Has noo consented, sir, to reign,
      An's got nae opposition ;
We in the Parish are fu' prood,
Owre gettin' ane sae truly good,
      In oor corrupt condition.

His sterlin' worth in oor affairs
Commends him nightly tae oor prayers,
      An' lang may heaven grant him
Health an' strength an' sterlin' worth,
To battle for us here on earth,
      An' ready when we want him.

An' ye'll be prood, I hae nae doot,
To ken sic things hae cam aboot,
      An' that we're represented
Here by ae truly honest chiel,
Wha in the past has served us weel,
      An' made us a' contended.

Let's lay oor heids thegeither, an'
Pray health an' strength atten' the man,
      An' he be lang amang us
To fight a' measures guid an' true,
'Gainst ony ither selfish crew,
      Wha just for self wad wrang us.

If we, 'mid a' oor trials an' cares,
Just mind him nightly in oor prayers,
      I'm certain sure that heaven
Shall grant the Parish lang to feel
They're-represented by a chiel
      To base deeds won't be driven.

A wond'rous blessin' 'tis to ken
That here amang the sons o' men,
      There's ae true man o' honour ;
But, sir, nae mair, I'm scant o' time
To eke you oot a lengthy rhyme
      'Boot honour or dishonour.

EPISTLE TO ROBERT SHIELDS, ESQ., ENGLAND.

———

" UP higher yet my bonnet " fling,
 The muse ance mair is on the wing,
An' beckons me to lilt an' sing
   A Burgh sang,
An' let ye ken hoo maiters swing
    Here, richt an' wrang.

Great an' mighty honours soon
Shall fa' upon my dear lov'd Troon,
An' kirsen her a Burgh toon,
   Wi' guardians nine,
To keep us movin' a' in tune,
    Line efter line.

But then, before sic things are given,
We maun catch an' trot oot seven
Things ca'd men, be deid or livin',
   To mak' their claim,
Then we're forced, coerced, an' driven,
    To Burgh fame.

An' puir wark folk throughoot this place,
Wi' a' my heart I mourn their case,
An' heavy rates they'll ha'e to face
   Mair than they ken,
Brocht on them just by gi'ein' space
    T' ambitious men.

Gude guide me clear o' that odd number,
For by my sang 'twill be a wonder
If ane o' them shall ever slumber
   Soun' in their bed ;
A troubled conscience, gaun asunder,
    May kill them dead.

A troubled conscience, rackin' pains,
A water scheme, an' bungled drains,
Crushin' puir men, wives an' weans,
   Nigh daith's daurk hole,
Owre much, indeed, for shallow brains
    O' seven to thole.

I lately heard a fellow say,
The seven that dares to pave the way
For burgh powers an' rates to pay,
   Sud get a turn,
An' hurled weel, for sake o' play,
    In the Pow Burn.

To own the truth, I wadna care,
For sic to be my bill o' fare,
For O, dear me, 'twad drench me sair,
      An' blast my fame ;
Scoffed an' spat at by the puir,
      An' spurn'd my name.

Great dangers, Sir, I see ahead,
By av'rice and ambition led,
By sleekit self, maturely fed,
      An' foster'd weel ;
Enough to lay us 'mang the dead,
      Baith neck an' heel.

I see ambitious men pursuin'
Things for self to work oor ruin,
An' ither weaklin's idly viewin'
      The hale affair
An' winna try to put the screw on
      For vera fear.

O for a gang o' men o' mettle,
Wha wad come forth in earnest ettle,
The cruel self-seekers then we'd fettle
      Wi' little din ;
An' their despotic powers settle
      For sake o' Trin !

But then, that boycottin' power
Is in the air an' hoverin' ower
Us, ever threatenin' aye to lower
      On some anes kool,
Wha winna swear that three is fower
      To please some fool.

Then there's coercion, despot chiel,
That mak's us a' in terror feel,
Waur than for the vera de'il
      That's aye at haun,
Prepared to catch us in his creel,
      Just whaur we staun.

'Deed, hereawa, we're sair beset
By mony a curious milk-fed pet ;
We daurna cheap, be cauld or het,
      On things that be
Gaun richt or wrang, but then we get
      Their wrath to dree.

In dootfu' things the word is Mum,
An' propagators sworn dumb ;
Aboon their braith they daurna hum,
      Whaure'er they gang,
Nae maiter hoo their conscience drum,
      An' say they're wrang.

We crawl aboot aye wi' a swither,
An' feared to move ac fit or tither,
Lest we come souce against a brither
      O' different light,
An' ane wad smash us a' thegither
      For vera spite.

If burgh powers we ever hae
(Tho' keep us far frae such I pray),
I meikle dreid corruption may
Part o' oor nine commissioners sway
      Frae honour's rule,
An' gie us needless rates to pay
      To please some fool.

I see a weel train'd syndicate
Comin' forrit, naething blate,
To sell an' buy a din estate
      In form o' light ;
I hope defeat shall be their fate
      When comes the fight.

Just let their plans be soiled an' riven,
An' further, to the Pow Burn driven,
To be weel draggled wi' the seven,
      E'en tho' they droon,
Wha wad that Burgh powers be given
      To sair tax'd Troon.

An' sud we gar the seven bow
To cool immersion in the Pow,
Then I'll write an tell ye how
      We trail'd them thro',
An' sae I'll finish for the now,
      Wi love for you.

TO MR. ROBERT HUNTER, IRVINE.

Written on a Post Card.

———

DEAR HUNTER, I've lang had a notion to write,
 An spier gin your fellows are a' keepin' tight,
An' solid as rocks by the Unionist cause ;
Nae traitors to merit a traitor's applause,
But ilka man striving the best that he can,
Discarding the nob in respect for the man.
Is heroic Kirkland remainin' your frien',
As faithfu', as we in the past hae baith seen ?
Let me ken, when ye write. if Irvine's as staunch
As when she cam' forrit to fight as a Branch ?
An' show that the bakers, in your burgh toon,
Wadna let tyrants as slaves haud them doon.
 Yours in Union,

 JOHN LAING.

9 Academy Street,
Troon, April 30th, 1888.

To Mr. Charles Murchland.

My paper's near spent, my envelopes gone,
   Away with April twenty-three ;
An' year number two has already begun,
   An' what o' the first ane say ye ?

Gin ye reckon me worthy again o' the place
   I held in the year that's gane bye,
Let me ken by your pen, or a glint o' your face,
   And the wherewithal added say I.

Respectfully yours,
JOHN LAING.

Troon, April 25th, 1890.

To Mr. Chas. Murchland.

DEAR SIR,

While you make amends for "The year that's awa',"
   That expired on April twenty-three,
Provide for the future, and I'm at your ca',
   On conditions that we both agree.

Respectfully yours,
JOHN LAING.

Troon, April 23rd, 1891.

To Mr. Chas. Murchland.

Poverty stricken, an' still to the fore,
   Shun'd and detested by fully a score
   O' the minions wha play to the Duke ;
Almost in begg'ry, o' sillar I'm scant,
An article, sir, I canna weel want—
   Pray, sen' me a leaf o' your book.

Respectfully yours,
JOHN LAING.

TROON WATER QUESTION.

THE BIG RESERVOIR.

First published in the "Irvine Herald," Feby 27th, 1891.

COME to the rescue, ye frien'ly towards Troon,
Dinna staun back an' see ither men droon
    In this mightyily big reservoir,
See them, there struggling an' gasping for braith,
Plunging an' battling like heroes wi' daith,
    In this mightily big reservoir.

They're in the daith struggle ; their flag o' distress,
In the shape o' a bill, cries on ye to press
    To their aid in this big reservoir.
Come furrit, ye heroes, nor stay for a braith ;
Be in time, ye micht save them yet a' frae a daith
    O' dishonour in this reservoir.

They ance were as bold and courageous as you,
An' cam' furrit like heroes their venom to spue
    In this mightily big reservoir.
But lucre—the frien' an' the foe o' mankind—
Is maybe at faut, an' they aiblins got blind,
    An' fell plump in this big reservoir.

Mair courageous than they never cam' to the front,
To gie an injustice a terrible dunt,
    Yet they fell in this big reservoir.
Tae fa' intae the watter they didna intend,
When first they cam' furrit to act as your friend,
    In bursting this big reservoir.

They, in their wisdom, gaed too near the brink,
Ne'er thinking wi' us, they thro' lucre would sink
    Deep doon in this big reservoir ;
But men are just mortal, an' liable to fa',
When lucre an' self bring them fast to the wa',
    Surrounding a Duke's reservoir.

Come fast to the rescue, an' dae what ye can,
Remember a' saved is a service to man,
    Tho' ye burst up this big reservoir.
Come wi' ladders an' ropes, an' buckets, an' pails,
Boat hooks an' grapples ; look see, their coat-tails
    Are still visible in this reservoir.

Dinna be cruel, an' laugh ye wi' spite,
Remember they a' were ance foremost to fight,
    An' smash up this big reservoir.
Then haste ye, come furrit, wi' a that we'll need,
Tae restore animation an life to the deid,
    We drag oot o' this big reservoir.

Sma' spouters, come furrit, yer aid will be ta'en,
Tho' they reckon'd ye wer'na weel favour'd wi' brain
    Power to speak on a big reservoir.
Poet Laing ! Poet Laing ! come ye furrit in time,
An' ye ll get materials sufficient to ryhme
    On the victims o' this reservoir.

Come, Councillor Wyllie, ye've always been true,
An' we're sure to get help an' assistance frae you
    To bring a' oot o' this reservoir.
They may kick at your efforts, an' girning wi' spite,
Refuse to be aided, but haud on the fight,
    An' ye'll burst up the big reservoir.

THE WATER SCHEME.

AN ADDRESS TO TROON.

First published in the " Irvine Herald," March 20th, 1891.

MY dear native Troon, yer en'mies won't droon
 Ye into this big water scheme ;
Ye'll be true to the core, as ye've aye been before,
 An' the hale thing will pass like a dream.

Independence will rise the height o' the skies,
 An' bring justice an' might to yer aid ;
An' fav'rites and knaves will kneel to yer braves,
 Dishonour'd, cut doon, an' dismayed.

Why sud ye e'er bow to such a fell blow,
 As this scheme will undoubtedly give ;
Rise in yer might an' demand ye the right,
 Like a hero determined to live.

A' fair means attain, nor staun to be slain,
 While yet there is hope to be free ;
Nor surrender to those who are something like foes
 Strugglin' hard to put irons on ye.

O Troon to the front. gi'e yer en'mies a dunt—
 I ken ye can dae't if ye will ;
But rouse ye to ire, then water nor fire,
 Yer truly brave spirit won't kill.

My puir bleeding Troon, ye've been sairly held doon
 In the past, by those in disguise,
Wha cam' forth as yer friends to serve ither ends,
 That they on yer burdens micht rise.

Come rouse ye to action, an' break up the faction
 That glories to revel in grease ;
Then in triumph ye'll flourish, an' liberties cherish,
 Independently—aye, an' with ease.

For why should ye kneel, or oppression's grip feel,
 When Britons are suppos'd to be free ?
To think as their mind, or their will is inclined,
 Pertaining to them or to thee.

Then spurn at coercion—sweet freedom's perversion—
 And act ye the part o' the man,
Under the banner o' truth, right, and honour,
 An' burst up the big water plan.

The scheme maun be broken, lang e'er it can slocken
   Yer wishes, yer purse, or yer thirst ;
Ye maun rise up an' smash the hale project to hash,
   An' the mighty big reservoir burst.

What a glorious spill when it comes doon the hill—
   Boats, fishes, an' ganders, an' all ;
An' factors an' dukes, wi' grief in their looks,
   Gazing mournfully over the fall.

An' each son an' daughter, all viewing the slaughter,
   Triumphantly victors o' war,
Wi' a cheer that will then rebound up the glen,
   An' the echoes resounding afar.

My Troon, ye can do it, too well this I know it,
   If ye come to the front with a will ;
Then act ye the man, an' dae a' that ye can,
   This injustice to smother an' kill.

O Troon, how I dread that ye'll fa' wi' the dead,
   If in this ye don't play a brave part,
An' smash up a scheme, that to live is a theme
   That for all time will gnaw at yer heart.

Be free—not a slave, laird's vassal or knave—
   Hae a scheme that will yet be yer ain ;
An' kick ye at one, that wad hae ye outdone
   Wi' hardships, while time will remain.

WATER AGAIN.

LINES TO ARCHIE: A BRITHER POET.

O ARCHIE, man, the folks o' Troon,
   An' I mysel', are like to swoon
Wi' weariness to hear ye croon
       A verse or twa,
Wi' a kind o' mixed water soun',
       Weel kent to a'.

Till I began, sir, to enquire,
I fear'd ye had got droon'd entire
In this gigantic reservoir,
       Or water scheme,
An' ne'er again to soun' yer lyre,
       Or muse to dream.

An' noo that ye're still to the fore,
Why sud ye mak' us thus deplore
Yer absence in the great uproar
       That's rousin' a' ;
Nor gie us time to sleep or snore,
       Or braith to draw.

Come forth again an' soun' yer lay,
As bauld s ye did ance in a day,
When ither folk began to play,
       Kiss, crawl, an' pook,
An' try to lead us far astray
       To serve a Duke.

Noo, sir, that ye hae taen the gee,
An' left nae ither bard but me,
Hoo think ye that I'm fit to be
       A match for those,
Wha in their wild an' selfish glee
       Are a' Troon foes.

But come, your help, my worthy poet,
An' tho' the very gods sud know it,
Let's join the muses, an' we'll go it
       For sake o' Troon,
An' ilka dastard son we'll show it,
       An' save the toon.

Guid measures succour withoot fear,
Bad anes denounce baith far an' near,
E'en tho' a' kirkmen rise and swear
       Deception's fair ;
Aye keep thou thy conscience clear,
       Nor malice bear.

An' in yer ev'ry kind o' theme—
E'ven tho' it be a water scheme—
Let truth an' honour reign supreme
   I a' yer acts ;
Nor be like those wha drive like steam
   Puir folk to tax.

An' never stab ye in the dark,
E'en tho' it be just for a lark ;
Let right an' justice score yer mark,
   Come loss or win,
Then heavenly aids will praise yer wark
   Thro' thick an' thin.

Be truly independent, sir,
An' that ye think this reservoir,
As desp'rate as it was before,
   Come to the front,
An' aid puir Troon to swamp it o'er
   Wi' fearfu' dunt.

See oor neighbours sabbin' sair,
Wi' burdens that are ill to bear,
An' yet there's cuifs wad force on mair
   Than we can face,
An' lea' us scarce a coin to spare
   For meat or claes.

Come, Archie, lad, an' soun' yer lyre,
An' set the kintra side on fire ;
Rouse dormant Troon up to aspire
   In ilka vein,
To overthrow the selfish choir,
   An' haud her ain.

O Troon, my dear, my native hame,
It grieves me sair that men ha'e come
Thro' selfish ends to brand yer name
   Wi' taxes great ;
Rise, O rise, an' dare disclaim
   Their selfish spate.

TROON WATER WAR.

First published in " Irvine Herald" of April 10th, 1891.

LOYAL nine, loyal nine, ye play'd yer parts fine,
    Wi' this feudal, fossil plann'd plot,
That was hatch'd in a dream, an' ca'd a guid scheme,
    An' reckon'd by common sense rot.

Elmslie, Elmslie, we are gratfu' to thee,
    For the service ye render'd to Troon,
Ye focht a guid fight for justice an' right,
    An' held oor betrayers weel doon.

Langlands hoose, Langlands hoose, firm sturdy an' crouse,
    Ye stood by yer pledge like a rock,
An' proved yersel' man, for the treacherous clan,
    That wad burden the puir working folk.

You Davaar, you Davaar, ye gied them a scare,
    When ye wielded yer sword in their face ;
That sword was the truth, which upset them forsooth,
    An' their statements ye proved to be base.

An' Parkview, an' Parkview, we're indebted to you,
    For the part that ye play'd in the game ;
Ye kent quite enough to mak' the road rough,
    For those who are weltering in shame.

You Parkend, you Parkend, a maist excellent friend,
    Ye proved yersel' weel to us a',
An' we'll scarcely forget that we're still in your debt,
    Lang efter ye're deid an' awa'.

Aldersyde, Aldersyde, weel tested an' tried,
    We find ye are worthy o' steel,
An' ane o' the kind we reckoned to find,
    When we gied ye a post on the field.

Fernbank, Fernbank, we cheerfully thank
    You for the true courage display'd ;
Ye showed that yer heart was in the richt part,
    When ye saw we were being betray'd.

Portland Street, Portland Street, to thank ye 'tis meet,
    For the part that ye took in the fight ;
Ye were ane o' the nine wha plann'd the design,
    An' focht for oor freedom an' right.

Poet John, Poet John, firm as adamant stone,
    Ye gave us yer talent an' time,
An' a' ye could spare in defending the puir—
    Yer tongue, an' yer pen, an' yer ryhme.

Traitors gang, Traitors gang, an' wi' Judas's hang,
    We can put little faith in ye noo,
Since it's come to oor ken, that to flatter big men,
    To injustice an' wrang ye wad boo.

Coercion, Coercion, dear Freedom's perversion,
    Ye cripple us much by yer power ;
But gi'e us the ballot, and then we shall fell it,
    An' swamp the Duke's measure clean owre.

Portland Duke, Portland Duke, look weel to yer book,
    Nor listen to aught that wad try
To misrepresent a scheme that's weel kent
    Is but fitted tae ages gane bye.

Loyal Troon, Loyal Troon, aye keep ye the croon
    O' the causie in a' that ye dae,
An' feudalised schemes shall vanish like dreams,
    An' those wha promoted them tae.

Feudal Power, Feudal Power, lang gane is the hour,
    When slave like we'd bend at yer knee ;
The day has come roun', when tenants in Troon,
    Like freemen will dare to be free.

Somervell, Somervell, ye're a hero as well,
    As a frien' to the people o' Troon,
To move an rejec' this feudalised wreck
    O' a scheme that wad ruin the toon.

An' Troon will, an' Troon will, aye remember ye still
    For the comfort to her ye hae gi'en,
For she's kind in the main, an' when properly ta'en,
    Can value the worth o' a frien'.

Templehill, Templehill, ye may gang whaur ye will,
    Nae langer ye'll reign as oor king ;
As a minor we may, in oor midst let ye stay,
    Gin ye promise nae treacherous thing.

SECOND EPISTLE TO ARCHIE.

A BRITHER POET.

———

ARCHIE, sir, thanks for yer line,
  An' yer triumphant pith tae shine
    'Mang loyal agitators,
Wha scorn tae knuckle tae a duke,
Or cringe beneath a factor's look,
    Or ither sma' dictators.

Prood was I tae ken that ye
Were still determined tae be free,
    An' like mysel' dare show it,
Wi' neither sense, nor grit, nor care,
As some wiseacres here declare,
    An' sad they are to know it.

But come, my callant, gies your paw,
Since noo I ken ye're no awa'
    To join the rebel forces,
But advocating right is might,
Just mair for truth than hoarded spite,
    An' ither double courses.

Let's shun the men wha dare to play
A double part in ony way,
    Wi' a'e thing or anither;
Or rise to advocate a cause,
That weel they ken is doubly fause,
    An' wrangous a'thegither.

For instance, this great water scheme,
That would-be wise men ca' supreme,
    A' we dull cuifs ca' nonsense,
Is just a sample o' sic men—
Unscrupulous like some we ken—
    Wi' neither soul nor conscience.

I'm sair disturbéd in my dreams,
Wi' water an' gigantic schemes,
    An' reservoirs for pleasure;
An' factors, Dukes, an' engineers,
An' lawyer bodies in great fears,
    They'll lose their maniac measure.

But hither, lad, we'll soun' the lyre,
In sterling, true, poetic fire,
    An' scoff at black coercion,
That has wrocht Troon folk muckle wrang;
An' we'll denounce it in oor sang,
    An' reckon't mere diversion.

I'm neither fit to rhyme nor write,
Nor sturdily staun up an' fight,
  Like ithers much my betters ;
But I'm prepared to play my part,
An' act the dictates o' my heart
  Wi' creditors or debtors.

An' while my Troon has you an' I
Wi' pen an' paper standing by,
  She winna meet dishonour,
Till ane, at least, should wield his pen,
Against a' base deceitfu' men,
  Wad bring disgrace upon her.

I wadna sell my dear loved Troon,
E'en though the very Duke gaed doon
  Upon his knees before me,
An' vow to mak' me something great,
E'en factor o' this braw Estate,
  An' sma'er dupes adore me.

Tho' I remain forever puir,
Towards my Troon I'll aye be fair,
  An' better help to mak' it ;
So, Archie, there's my creed an' sung,
Let fools an' knaves ca't richt or wrang,
  I've truth itsel' to back it.

Noo, Archie, I'll conclude my rhyme,
As water actions scrimps my time,
  An' maks' it, sir, expedient
That I should wauchle to an end,
Content to rank you as a friend,
  An' I yours, most obedient,

JOHN LAING.

P.S.—Man, Archie, I forgat to tell
Hoo we're a' getting on sae well,
  An' great men to befriend us ;
Some o' the seventy, wha signed
The feudal sheet against their mind,
  E'en pray success attend us.

An' those wha daurna join the fray,
Sincerely hope we'll win the day,
  An' modify coercion,
An' boycotting powers that rule
Triumphant, as if some great fool
  Led a' just for diversion.

TROON WATER QUESTION.

TO THE PEOPLE OF TROON.

First published in the " Irvine Herald " April 24th, 1891.

BE free and independent,
  Nor sign the feudal sheet
Would bind yourselves and others
  To vassalage complete.
Laugh ye at all factotums
  Who power and favour seek ;
Be free and independent,
  And break the slavish clique.

We all sing " Rule Britannia "
  In our triumphant hour,
Then, let us act like freemen,
  And scorn one-man power.
The power that would enslave us,
  And children's children, too ;
The birthright heaven gave us
  Such power would all undo.

Thou much devoted seventy
  Are well deserving praise
For this, your wond'rous loyalty,
  In standing by his Grace.
But then, oh then, your freedom,
  And independence, too,
You fairly sold and bartered
  In this ye dared to do.

Troon, rally round the standard
  Of freedom, truth, and right ;
Conform to loyal actions,
  Proclaiming right is might.
And dare to act like freemen—
  Defy the rebel race—
Would bind you soul and body
  As vassals of his Grace.

Think upon your children,
  Who may, in after years,
Rise up and scorn the actions
  Performed by their forbears ;
Base actions as tyrannical
  To them as to us now,
And wonder that true manhood
  Was led thus so to bow.

O, generous-hearted people,
  Think well on what ye do,
Consider well your manhood,
  Ere yet too late to rue.
Avoid all false dictators
  That dare would you enthral,
And lead you, chain-bound vassals,
  To Duke or factor's call.

Rise up, demanding freedom,
  As freemen only can ;
Assert the due authority
  And dignity of man.
Take one side or the other,
  And let yourselves be seen ;
'Tis scarcely reckon'd manly
  To play the go-between.

Look not on trade or favour,
  Look first on honour's cause,
And do your town a service,
  Independent of applause.
Let truth and conscience lead you,
  Aye onward to the right ;
And show all Dukes and factors
  That right is always might.

O Troon—but for coercion,
  And boycotting's power,
And plausility of language,
  In this your vital hour—
I know you would be solid,
  And your dignity of man
Proclaim the whole transaction
  A most outrageous plan.

O Troon, for once be solid,
  And kick ye at a cause,
That conscience, truth, and honour,
  Know well is wholly fause.
Be honest and straightforward
  In this famed water fight,
Determin'd to have Justice,
  And right shall conquer might.

LINES TO ARCHIE: A BRITHER POET.

THIRD.

I READ yer lines wi' tentie care,
   Indeed twice ower, an' something mair ;
Qouth I, " By Jove, he's desp'rate sair
         On thae puir chiels,
Wha maun keep always sailin' fair
         At ithers' heels."

But, Archie lad, it pleased me well,
Far mair than I am fit to tell,
Mair true sin' I began to spell
         I've scarcely read ;
'Twas emblematic o' thy sel',
         An' nobly said.

I raised the flagon to my mooth—
" In water I shall pledge the youth "
Wha bauldly thus maintains the truth
         In face o' day,
In spite o' factor's, an' forsooth,
         A' foll'wers tue.

Yon hint aboot when Adam was
A boy, this gigantic cause
O' Portland's wad got mair applause ·
         Than even noo,
When Briton's, versed in British laws,
         Sees a' things thro'.

But hark ! when Adam was a boy,
His then career was filled wi' joy,
An' nae bad measures to annoy
         His earthly bliss ;
'Tis since he fell vain men employ
         Their brains amiss,

By hatching schemes to grind the puir
Wi' high taxations ill to bear,
An' yet come bauldly forth an' sware
         'Tis paid for them,
While truth an' conscience, in despair,
         Cries oot " Fie shame !"

In Adam's time there were few men
Polluting that bright Kingdom then,
Cruel an' vindictive as we ken
   O' some this day,
Wad force a base injustice ben
   To work us wae.

Yon time ere Noah got afloat,
Wi' a' his fam'ly in the boat,
When sinfu' men sic mischief wrought,
   As droon'd the place,
This fossil scheme micht then been got
   Wi' ready grace.

For there were men, e'en in that day,
Defil'd by sin an' lucre's sway,
Wha wadna hesitate tae play
   The traitor's part,
An' peer wi' ony that we hae,
   In that black art.

But that wus in a far-off place,
No much acquainted wi' his Grace,
Or ony o' the present race
   Wha work by dreams,
An' wauken up to pencil-trace
   Big water schemes.

An' aiblins in that wond'rous past,
Big fossils grew baith thick an' fast,
A fossil scheme could then been cast
   Like this ane here,
An' had it grew, 'twad been the last
   O'ts kind, I'll swear.

Had this been forced upon us folk,
'Twad been a maist gigantic joke,
An' likewise fed up mony a bloke
   On wine and beef,
An' we, puir Trin' folk, bear the shock,
   Beyond relief.

Had we no' got some ane or twa
To rise like men and kick the ba',
This maniac scheme was sure to fa'
   Wi' fearfu' weight,
To work the ruin o' us a',
   An' smoor us quite.

But noo, we needna sab an' greet,
The reservoir's been smash'd complete,
An' lies in ruins at oor feet,
   A perfect smash ;
An' patrons, moving maist discreet,
   Deprived o' cash.

Ay, Archie lad, sin' I maun tell,
Tho', keep the secret to yoursel',
The scheme wad paid promoters well
   Had it went on ;
While hardships great on Troon wad fell
   Wi' constant moan.

But Troon was firm, nor show'd the flat,
An' I, her Poet, won a hat ;
So, Archie, what think ye o' that
   To croon my sang ?
While I remain your—what ye ca't ?
   Your servant La'ng.

THE TWA SCHEMES.

REJOICE, O Troon, nor fash yer thoom,
  For haith ye'll neither sink nor soom
      In yon big reservoir ;
You muckle scheme, or boating pond,
That factor chiels were o' sae fond,
      Is gone for evermore.

Fear na, it never shall return,
Sae major-like as it was born
      When ye it firstly faced ;
It's deid an' gane, aye, sure enough,
E'en tho' the sheet was leather tough
      Whaur a' its lines were traced.

Ye wielded sic a desp'rate stroke,
As a' its strength an' vigour broke,
      An' fell'd it evermore,
Alang wi' yon ootrageous Bill,
That nocht but common-sense wad kill,
      An' nonsense tak' it o'er.

Ye'll noo get water to yersel',
Be't got frae Irvine or the hill ;
      An' farther, let me say,
Ye'll a' be in a different school,
Beyond the reach o' one-man rule,
      Or Duke or factor's sway.

The Irvine folks are weel prepared,
An' solemnly vow'd an' declared
      To gie us a' we need ;
Sae then we need nae murd'rous plan
To rob the honest workin' man
      O' 's wages an' his breid.

An' wives shall fin', wi' little fash,
That they'll can cook, bake, brew an' wash
      At ease wi' Irvine water ;
An' then the cash they'll save in soap
Is o' itsel' a wond'rous prop,
      An' maist important matter.

Noo Troon (I winna guide ye wrang),
To Irvine Burgh freely gang
      An' ye'll get water there
Quite suitable for ony use
That's possible aboot a hoose,
      An' at a mod'rate fare.

If possible, keep aff the hill,
Unless ye've lots o' cash to spill,
      For haith I'll bet a preen,
Ye'll get great burdens there to bear,
Shall swallow a' ye ha'e to spare,
      An' burdens yet unseen.

But gang to Irvine, whaur ye see
A' burdens that are like to be,
      An' whaur they'll ha'e an en',
Wi' lots o' water aye to spare,
An' means at haun for plenty mair—
      An' these are facks we ken.

An' this Dundonald plan or scheme,
That presently is but a dream,
      May turn oot like the drains,
An' greet ye wi' a desp'rate rate,
An' then like fools cry oot " Too Late,"
      Wi' rage in a' yer veins.

Then my puir musie, tired an' sad,
By desp'rate men maist driven mad,
      Wad ha'e nae heart to rhyme ;
'Twad grieve her heart to see puir Troon
Wi' high taxation keepit doun,
      An' would-be frien's to blame.

But lest misfortune on me ca',
Just for the present I ll let fa'
      My pencil an' my pen ;
An' coonsel ye to watch yersel',
An' guard yer weal an' honour well
      Frae base designing men.

THE DISPUTED GOAL.

First published in " Irvine Herald" of June 12th, 1891.

——— .

YE needna craw sae crouse, my frien', an' think ye've scored a goal,
 As that ye've made last week I find's a maist ootrageous foul,
An' referees an' umpires shall yer claim disqualify,
But stratagise, an' challenge still, an' hae anither try.
Yer anxiety and zeal to be victor o' the game,
Made ye, in desperation, mak' the foul for which ye claim ;
An' gin the water medal wad be yours, ye maun play fair,
Sae gather up, an' screw yer team, an' try the match aince mair ;
Bring a' yer sma' factotums an' minions tae yer aid,
For haith, my frien', ye'll need them, I'm very much afraid.

The greatest match ye ever played, I think ye will confess,
Was sma', in comparison tae the wark ye had in this ;
An' yet ye've made a bungle o' the job, when a' was dune,
An' left Troon team the victors, demanding still a win ;
But dinna be doonhearted, an' lea' aff in disgust,
Play manly or surrender, an' confess that ye hae lost.

Ye say yer Laird is generous, an' impartial in the main,
Then bring him doon, as referee, an' play the match again ;
An' if he is the gentleman that fowk wad hae us ken,
He'll see fairplay awarded, an' declare the victors then ;
An' if ye dinna care that he sud act as referee,
Just bring him down to see the game played oot 'tween you an' we ;
An' should he be ignorant o' the fouls for which we claim,
Troon team shall be maist willing to explain to him the same ;
As they hae aye been staunch an' leal in a' the moves they've made,
To tell yer laird the hale affair they'll no be nane afraid ;
An' I'm sure that he sud ken, ye'll be anxious, sir, yersel',
Sae bring him doon amang us an' things may auger well.
Just use yer influence, my frien', to get him here awhile,
An', wha kens, he may work wonders, an gi'e us cause to smile.

If a' is true I've heard repeated ower an' owre again,
He is a genial gentleman, maist generous an' humane ;
He wadna see Troon fowk an' their team in sic despair,
Wi' grevious taxation and burdens ill to bear ;
Na, haith, ye brawlie ken yersel', he d alter things awee,
Sae gin ye want fairplay 'tween us, just mak' him referee,
An' when we get him on the field we ll play the match again,
In the presence o' a gentleman sae gen'rous and humane ;
An' oor worthy team, I'm certain, his expenses will defray,
Sae dinna hesitate, my frien', to bring him doon this way,

For, haith, we wad be honoured wi' him upon the field,
An' the gentleman wad rule the heart, and say what side should yield;
An' I, yer humble servant, wad rejoice wi' a' the lave,
An' join anither contest maist courageously an' brave;
I'd kick an' charge wi' vigour, an' be zealous in the fray,
For weel I ken yer generous Laird wad see a' get fairplay.

An', sir, gin ye be gen'rous, as yer Laird is said to be,
Ye'll play yer pairt an' bring him doun to act as referee,
An' Troon will be gratefu', nor stint ye in their praise,
An' their Bard immortalise ye in some ither o' his lays.
But, sir, in closin' let me say, an' say it to yersel',
Dae a' ye can to bring him doun an' things shall anger well;
But dinna guard him as before, an' ne'er a soul get near
To shake his haun an' ca' the crack an' talk o' hardships here,
For ne'er a ane amang us but wad be wond'rous fain
To talk wi' sic a gentleman, sae generous an' humane.

TO MY NEW HAT.

First published in the " Irvine Herald," June 19th, 1891.

IN triumph I behold ye,
  An' prood am I o' that,
The emblem o' a vict'ry—
  A bonnie, bran new hat.

Fit for a duke or marquis,
  Or kidney o' that squad,
An' jist the tip-top fashion—
  The best the hatter had.

In truth, I'll fondly wear ye,
  An' don ye aye wi' pride,
Tho' dupes, an' knaves, an' satillites,
  An' go-betweens deride.

An' ilka time ye croon me,
  I'll smile wi' fervent glee,
An' bless the powers aboon me
  For shining sae on me.

'Twas conscience, truth, an' honour,
  That heavenly aids impart,
Within my breist defendin'
  The dictates o' my heart,

That bade me thus tak courage,
  Against the mighty great,
Wha'd rob Troon o' its freedom
  To eke their ain estate.

An' while I daured to venture,
  In aid o' what was right,
I wagered a'e oppressor
  I'd beat him in the fight.

Ay, faith, I laid the wager,
  An he closed in wi' that,
Content that either party,
  Wha won, sud claim the hat.

An' I, but reckon'd naething,
  By wee things in his train ;
A puir, misguided Poet,
  Noo claim ye as my ain.

Let me ance mair behold ye,
  For O, I'm wond'rous fain,
That neither fat nor pressure
  Can spot ye wi' a stain.

On principle I won ye,
  An' ye on that I'll wear,
Tho' a' the weak-kneed kidney
  In d'rision at me stare.

A fig for a' sic weaklin's,
  An' their spleenatic power—
To only God an' conscience
  Is man supposed to cower.

Indeed, had Troon been solid,
  An' conscience had its way,
An' a' men acted richtly,
  We'd brighter been this day.

But havers, hat, 'tis nonsense
  To blether sae on these,
Wha seem to've gane the wrang gate
  To rub theirsel's on grease.

But I'm prepared, thank gudeness,
  To free ye weel o' that,
An' tell to future ages
  Ye're void o' grease, my hat.

'Tis meet that generations,
  Maist likely yet to rise
In Troon, sud ken the fause anes
  Wha'd throw dust in fowk's eyes

An' sae I will record them
  As fully as I can,
Hoo certain took the wrang side,
  To favour the Duke's plan:

TRIUMPHANT TROON.

MY conscience, Troon ! ye weel may bless
    The Councillor a' your days ;
He's brocht ye oot o' great distress,
    An' perverse crooked ways.

He's set your feet upon a rock,
    Establishing your path ;
An' showed ye hoo to meet a shock
    O' tyranny an' wrath.

His committee, composed o' men
    O' sterling worth an' power,
They, like their leader, wadna ben',
    Nor to injustice cower.

They saw the goal o' truth ahead,
    An' kept it weel in view ;
By justice only were they led
    In claiming right for you.

That they hae foucht a brilliant fight,
    Opponents can't deny,
For every conscientious wight
    Their triumph weel discry.

Trust ye to traitor loons nae mair,
    Put confidence in men
Wha will for truth an' right declare,
    Nor to injustice ben'.

Great Cooncillor Wyllie, true as steel,
    A maist courageous man,
Made Duke an' dukelin's sadly reel
    Beneath their unjust plan.

He saw destruction creepin' fast
    On terror-stricken Troon,
An' he, to check the witherin' blast,
    Brocht a' his forces doon.

Brocht a' his forces doon, ye ken,
    An' wrocht wi' micht an' main,
To baffle strange, peculiar men,
    An' mak' their project vain.

An' noo ye are triumphant, free,
    Thanks to that worthy chiel,
An' sturdy little committee,
    Wha gained your freedom weel.

OOR AIN RESERVOIR.

THREE cheers for the Counc'llor, he saved every man,
An' brocht them oot dreepin', hauf droon'd to the lan',
    The dupes o' a Duke's reservoir ;
He's the frien' o' the people, true, solid an' square,
An' a terror to traitors that canna swim fair
    When immersed in a Duke's reservoir.

Some o' them, prone to be rubbin' 'gainst fat,
Hae ta'en the Duke's water—what think ye o' that ?—
    To fill up oor ain reservoir ;
An' what, tho' in simmer it happen to stink,
We may a' be consoled that we'll hae meat an' drink
    Comin' oot o' oor ain reservoir.

An' farmers an' Fullarton we'll compensate
Wi' this kind o' water, increasin' the rate,
    Comin' a' frae oor ain reservoir.
In twa-three years hence it will just be a twin
Tae the burdensome drains we allo'ed to come in,
    Ere we thocht on oor ain reservoir.

An' should the drains smell, and be needin' a swill,
Manure-tainted water we'll draw frae the hill,
    To clean them frae oor reservoir ;
An' should it sae happen that there may be nane,
Contented, we'll pray for a doonfa' o' rain
    To fill up oor ain reservoir.

Tho' we're chokin' wi' drouth, we needna min' that,
Sae lang as we're creishin' the wealthy wi' fat,
    We still hae oor ain reservoir ;
An' guid fresh manure yearly put on the hill,
If it disna jist fatten, it scarcely should kill,
    Oozin into oor ain reservoir.

Irvine wad gi'e us full plenty, we're sure,
But tae please some it wadna be mixed wi' manure,
    Like the stuff in oor ain reservoir.
'Tis jist the pure water that Irvine has got,
An' no thing that's likely to fester an' rot
    Like that in oor ain reservoir.

If we busk us wi' turf, an' wi' shrubs, an' sic like,
An' material sufficient to throw up a dyke,
    'Twill strengthen oor ain reservoir ;
An' brambles, an' snawdraps, an' sma' favours too,
Jist fresh frae the district on which they last grew,
    Will beautify oor reservoir.

Poet Laing, he'll get naething, but laid on a rack,
An' the lash o' the law comin' thump on his back—
  We'll plunge him in oor reservoir ;
An' puddocks, an' snails, an' guano forbye,
We'll cram doon his throat, an' there let him lie
  Wi' the vermin in oor reservoir.

Troon, busk yersel' bonnie, an' gang tae the hill,
An' slocken yer drouth wi' a hearty guid swill
  O' the mixture in this reservoir,
For the day is at haun when, ochone, ye'll hae nane,
Unless that the heavens gi'e torrents o' rain,
  To fill up oor ain reservoir.

An' ye heroic heroes o' Troon Committee,
We're sorry for ye, as we dread that ye'll dee
  Wi' the mixture o' oor reservoir.
We ken that your hearts never lay to the scheme,
Whaur in summer we canna get a'e rinnin' stream
  O' pure water for oor reservoir.

But, oh ! gin ye dee, 'tis a comfort to ken,
That Troon in its day had a'e body o' men
  That a duke nor his clique couldna buy ;
An' feelingly, too, we'll inter your remains
As faur as we can frae this puddle an' drains,
  For near them ye couldna weel lie.

Wi' turf, shrubs, an' bram'les, an' snawdraps, an' a',
We'll munt yer graves weel, an' mak' them look braw,
  In mem'ry o' oor reservoir ;
An' when strangers come doon to visit oor toun,
We'll candidly tell them that there ye lie soun',
  Killed oot by oor ain reservoir.

EPITAPHS.

___

A BURGH'S EPITAPH.

___

THOU wonder, stranger, at what this is—
   'Tis but the mound o' mony misses ;
To be a burgh it was born,
But ere matured, 'twas sadly torn
By desp rate loons, an' rent in pieces,
An' buried here where tumult ceases ;
An' those wha tried to keep it breathin'
Are cross an' pained, like weans in teethin';
While its murderers, desperate fellows,
Laugh, hotch an' blaw, just like a bellows.
Had ither past things been perfection,
This had ne'er got sic dissection,
Or killed to wait a resurrection ;
Clear proof to a' that's under heaven,
That trickery canna keep things livin',
An for the soul more than the body,
Fairplay sud be an edient study.

ON A FRIEND.

HEROIC KIRKLAND, true as steel,
　　Now sleeps beneath the sod ;
He served his toun an' fellows weel,
　　An' so he served his God.

He ever was the poor man's friend
　　In strike, an' time o' need,
An' aften did his service lend
　　Wi' sillar, speech, an' breid.

The soul that felt for human woe,
　　An' soothed whate'er it could,
Has wing'd its flight frae haunts below,
　　An' dwells amang the good.

A WOULD-BE POET'S EPITAPH.

First published in the " Irvine Herald," February 18th, 1888.

HERE a would-be poet lies,
  In early life cut doun ;
Grim Daith, in pity, closed his eyes
  To rid us o' a Loon.

He ne'er had fortitude enough
  To gie his name a soun ;
An' when the world beheld his stuff,
  'Twas signed by " A Street Loon."

A would-be poet an' a saunt,
  He ranted up an' doun,
Till daith, disgusted wi' his cant,
  Completely felled the Loon.

Auld Nick himsel' took meikle pride
  In a' he wrote an' said,
An' closely stood aye by his side,
  An' ruled a' that he did.

Noo here he lies beneath this clay,
  A saunt withoot a croon,
For Piety could never pay
  Tribute to sic a Loon.

But wait—his royal frien', Auld Nick,
  May pay him some regard,
An' croun him, just for pity's sake,
  Pharisee, Loon, or Bard.

Wi' " Second Peter, three an' three,"
  He lang an' sair had striven,
An' in his blind zeal ne'er could see
  James first an' twenty-seven.

We are indebted much to La'ng,
  Wha tauld us a' aroun',
Hoo the cuif here tried to mak' a sang,
  An' made himsel' a Loon.

THE EPITAPH O' TROON WATER COMMITTEE.

THOU visitor, while gazing here,
 Remember thou art only dust;
Nae maiter hoo in life ye steer,
 To follow daith thou also must.
The ance bright spirits underneath
 Life's gay journey also trod,
Till they were poison'd unto daith,
 An' buried underneath this sod.

A Reservoir they much ignored,
 (From which they ever had to drink
Polluted water, still abhored
 For vermin, filth, an' ither stink)
Was forced upon them, an' by faith,
 It poison'd them ilk ane complete,
An' here they lie, a' done to daith
 By it, an' laid beneath your feet.

They were a ance gay brilliant crew,
 An' mony victories had won,
An' would-be frien's, mair fause than true,
 Kill'd part o' that 'twas nobly done,
An' reared a scheme on yonder hill
 As kill'd thir few, an's workin' skaith;
That scheme remains, 'tis putrid still,
 An' by it comes disease an' daith.

THE GREAT PETITION'S EPITAPH.

First published in the " Irvine Herald," Nov. 13th, 1891.

STAY, passenger, an' view this spot,
  Whaur lies a paper gane to rot—
A paper that was reared to bless
The rich man, an' the poor distress—
A paper that nae honest man
Wad touch, lest it should soil his han'—
A paper that has gane to rot,
An' noo lies buried in this spot.

The hundred, aye, an' thirty-five,
Sweet innocents that still survive
The death o' this notorious sheet,
Noo buried underneath your feet,
Pass bye quite unconcerned an' prood,
That here it lies—just whaur it should—
Wi' its muckle rentals raised fourfold
Mair than the voters roll has told.

But thanks to a' that's guid an' wise,
It slaughter'd was, an' here it lies ;
Cheer up, Troon folks, triumphant braves,
Ye're noo beyond the rank o' slaves.
The big petition, to fix your doom,
Noo lies in a dishonour'd tomb,
An' its creator, waefu' man,
Left to mature some ither plan.

ON GEORDIE ANSON.

ERE lies soor Geordie, moor'd at last,
   I fear he'll be neglected,
For during life's lang voyage that's past,
   He little was respected.
He kept nae comp'ny but himsel',
   Tak' up wi mair he widna ;
Wi' that he gloomy sceemed as well,
   As pleasant face he hadna.

But sure, the deil that's aye been kind
   To children o' his ain aye,
Shall faithfully aye bear in mind
   To let him bide his lane aye.
To put him in 'mong bletherin' folk,
   Wi' tongues gaun like a bell aye,
Wad Geordie's sulky silence shock,
   An roast him waur than h——l aye.

ON A. M'L——N.

ERE lies puir Mac, deprived o' life,
  He had ae faut, a sma' ane ;
He shun'd the takin' o' a wife,
  E'en tho' she was a braw ane.
Weep not !—he's on the upward track,
  An' great shall be his welcome,
For better men than worthy Mac
  To heaven seldom shall come.

ON BARNEY SULLIVAN.

ERE lies a discontented soul,
  Who ne'er content could be ;
In life, he was the greatest growl
  That ever went tae sea.

Daith, disgusted, couldna thole
  His like tae wander free,
An' hurled him aff tae this clay hole,
  Whaur a' sic growls sud be.

ON LIEUTENANT THOMSON.

HERE Lieutenant Thomson lies—
   To him life was a curse ;
An' Daith, in pity closed his eyes,
   Afraid he wad get worse.

ON HAPPY SIMPSON.

HERE happy Simpson lies at rest,
   An' Daith, ye may be cheery ;
A blyther chiel ye never press'd
   Since life began to fear ye.